純銀のラビリンス

吉原理恵子

Sterling Silver Labyrinth

Rieko Yoshihara

講談社

純銀のラビリンス
吉原理恵子
Sterling Silver Labyrinth
Rieko Yoshihara

CONTENTS

Sterling Silver Labyrinth

Rieko Yoshihara

装画　蓮川愛
装幀　須貝美華

1 Side 羽葉木 ——荒井蒼士——

蟬《せみ》が鳴きしきる八月。

真夏の風物詩とはいえ、うんざりするほどうるさいその鳴き声を聞いているだけでじっとりと汗が滲んでくる。

どぎついほどに輝く太陽は肌を刺すように容赦なく照りつける。どこまでも晴れ渡った空の青さが際立ち、目に沁みるほどだった。

その日。

荒井蒼士《あらいそうし》は午後三時に地元民の憩いの場所である泰伯峡《たいはくきょう》のソーメン流し会場で水上久遠《みなかみくおん》と待ち合わせをしていた。だが、約束の時間を過ぎても久遠は来なかった。

（……おかしいな）

理由もなくドタキャンをするような久遠ではない。

（どうしたんだろ）

電話をしても出なかった。

もしかしたら、午前中に催された先代冠城《かぶらぎ》当主の初盆の儀で気力を使い果たしホテルのベッドでヘタっているのではないかと、久遠が予約をしていたスパ・リゾート『朱ノ宮《あけのみや》』に出向いてみると、宿泊がキャンセルされていた。

(え？　なんで？)

久遠の話では昨日から二泊の予定だったはずなのだが。

まさか、とは思うが。『朱ノ宮』をキャンセルして急遽《きゅうきょ》冠城本家の屋敷に泊まることになった。……とか？

(ないないない)

久遠の次姉の婚家である分家筋の家に泊まることすら拒否していた久遠が、謂わば敵陣の本丸である冠城本家に泊まることなどあり得ない。絶対に。それくらいに久遠は本家とは距離を置きたがっていた。久遠はそうでも、本家の思惑はまた別ものだったが。

二日が過ぎても久遠とは連絡が取れなかった。

さすがに本気で心配になって友人たちにいろいろ聞きまくっていたら、突然、その噂話に突き当たった。

(はぁ？　神隠し？)

最初はなんの冗談かと思った。

「何、それ」

蒼士は眉をひそめた。

「だからぁ、そういう噂」

「や、普通におかしいだろ」

よりにもよって『神隠し』なんて。どこからそんな言葉が出てきたのかは知らないが、時代錯誤も甚だしかった。

「俺だってそう思うけど、なんか、忽然《こつぜん》と消えちゃったらしいぞ」

「バカバカしい。そんなこと、あるはずないだろ」

真顔で思いっきり否定すると、友人は意味ありげに声をひそめた。

「だから、神隠しなんじゃねーの？　久遠ってさぁ、本家といろいろ確執があるし」

一瞬、どきりとした。

本家絡みでいろいろあるのは事実だが、冗談にしたってタチが悪すぎる。

「そういう噂が出るくらいなんだから、なんか知らないけど、本家との間でトラブルがあったことは確かだと思うぞ？」

それ以上のことは友人も知らないらしい。

噂話なんてそういうものだと言ってしまえばそれまでだが。火のないところに煙は立たず……的な下地があったのは紛れもない事実である。それこそ、公然の秘密であるくらいには。

ちなみに。久遠が参列するはずだった初盆の儀は滞りなく行われたらしい。

一族の支家の末端である荒井家には当然お呼びがかからなかったわけだが、『本家の養い子』と呼ばれるのも嫌がっていた久遠はしぶしぶながらも参列しているものだとばかり思っていた。そのためにわざわざ帰省しなければならない状況にあったことは久遠に聞いていたので。そういう義理を欠かせないのが本当に面倒くさいとグチグチ文句をたれていた。

嫌なものは、嫌。

したくないことは、やりたくない。

任意に強制力はない。

そういうことをオブラートに包んで遠回しに拒否しても、日本語が通じないとぼやいていた。

なのに、その場に久遠はいなかった。……ようだ。

なぜ？　……そのための帰郷だったはずなのに。

どうして？　……本家としての面目は丸つぶれではないのか。

理由はわからないが、とうとう久遠がプッツン切れて参列を拒否した？

そうであれば、蒼士的にもまだ納得ができた。本家の養い子という立場はなかなかに複雑であるからだ。

ただの第三者でしかない蒼士でさえ『大変そうだよな』と思うのだから、当事者である久遠にしてみれば切りたくても切れない悪縁のようなものなのかもしれない。

久遠、曰く。

『ありがた迷惑すぎて、拒否権のない呪いのようなもの』

辛辣《しんらつ》すぎて、まったく笑えない。それが久遠の本音だと知っているから、よけいに。

そんなことが冠城一族の耳に入ったりしたら憤激ものだろう。赤の他人も同然の久遠が本家の養い子であること自体、快く思っていない者がいるのは事実なので。

羽葉木《はばき》の大地主——冠城一族の由来を語る上で外せない土地神伝説の吉兆色にはほど遠いが、灰髪灰眼というだけで本家に特別扱いをされている幸運をありがたがりもしない久遠の評判はかんばしくないというよりはむしろ、羨望を過ぎた妬《ねた》みの対象だった。一族の傍系の末端である蒼士の耳にも入ってくるほどに。

久遠と冠城一族とでは求めるモノが違う。価値観の相違というのはどこまでいっても交わることのない平行線である。

だからといって。

『いらないなら、捨てちゃえば？』

冗談でもそんな軽口は叩けない。いざとなったら、本当に久遠が『養い子』の鎖を断ち切ってどこかへ翔《と》んでいってしまうような気がするからだ。

その久遠が突然いなくなった。

しかも、本家に挨拶《あいさつ》をしに行ったその日に失踪した。……らしい。

その件に関して、本家と分家では箝口令《かんこうれい》が敷かれている。……ようだ。

けれども人の口に戸は立てられないようで、いつの間にか久遠が『神隠しに遭った』ことになっている。……みたいだった。

『らしい』

『ようだ』

『みたい』

というだけで、肝心の情報がまったく降りてこないのが本当にもどかしい。いや、なにやら不穏だった。

久遠はどこにいるのか。

本当に失踪してしまったのか。

それとも、何か理由があって出てこられないだけなのか。

そこに本家の意向が絡んでいるのか、いないのか。

いったい何がどうなっているのか、さっぱりわからない。

不安で…………。

心配で…………。

胸がどんより重くなって…………。

ついネガティブな思考に陥ってしまう蒼士だった。

2 Side 羽葉木　　――水上　遥――

水上遥《はるか》は心配でならなかった。
羽葉木に行ったきり、突然、弟の久遠と連絡が付かなくなったからだ。
《羽葉木に着いた。相変わらず交通の便の悪いド田舎《いなか》でウンザリ》
《これから大月《おおつき》神社で蒼士に会う予定。ホント久しぶりなんでテンションも上がってきた》
《明日は蒼士と泰伯峡でソーメン流し。すっげー楽しみ》
《とりあえず、これから本家に行ってくる。なんだかんだ言っても挨拶は基本だし。ンじゃあ！》
羽葉木での滞在は二泊三日の予定だった。本当ならとっくに家に戻っているはずなのに帰ってこない。四通のＬＩＮＥメッセージが最後だった。その後、電話もメールもない。
（そんなの、おかしいでしょ）
成人した大学生だから二日三日家に帰ってこないだけで騒ぐほうがおかしい。過保護すぎる。他人はそう言うかもしれないが、遥だって、これが冠城本家絡みでなければここまで不安になることもなかった。

虫の知らせなどではない。

絶対に何かあったに違いない。

不測の事態？

それも、連絡を取りたくても取れない状況になっているに違いない。

（もしかして、あいつら、久遠を監禁してるんじゃないでしょうね）

あり得ない。……ことじゃない。

むしろ、その可能性しか思いつかない。

断じて、遥の妄想などではない。

冠城本家が久遠を取り込みたがっているのは周知の事実だ。それも、遥たちにはまったく理解できないバカバカしい理由で。

冠城一族は銀髪碧眼《へきがん》の土地神の末裔《まつえい》である。

彼らが本気でそれを信じている分にはぜんぜん構わない。何を信仰するのかは個人の自由だからだ。遥がとやかく言う義理もない。

けれども、その土地神信仰をなんの関係もない水上家の人間に押しつける権利がいったいどこにあるのか。

たとえ、母親の家系を遡《さかのぼ》れば冠城一族の血をうっすらと引いているかもしれないとしてもだ。それっていったい、何代前の話なわけ？　そんな大昔の話をされても迷惑なだけである。

冗談じゃない。ほぼ他人でしかない自分たちを好き勝手に巻き込むなんて、何ハラスメントだ？　しかも、承知した覚えもないのに久遠を『本家の養い子』呼ばわりにするなんて、まったくもって不愉快きわまりなかった。

遥にしてみれば腹立たしいのを通り越して憤激ものでしかなかった。

結局、そういう押しつけがましさに嫌気がさして水上家は羽葉木を出ることになった。父親の転勤話もあったので渡りに船……だった。羽葉木にいる限り、冠城一族の執着に搦《から》め捕られてしまいそうだったからだ。

そして、そのことが原因で結果的に両親が交通事故死をする羽目になった。……と、遥は思っている。

両親が死んでから、本家の圧力はますます露骨になった。

いっそ、裁判に訴えて接近禁止命令でも取る？

知り合いの弁護士に相談しても、実害が出ているわけではないのでそれは無理だと言われてしまった。

目に見える実害って、何？

両親が事故死しただけじゃ足りないってこと？

（あいつらは久遠のストーカーでしょうがッ）

それも、権力を笠に着たタチの悪すぎる粘着質。

遥にとっても久遠にとっても『冠城』の名前を耳にするだけで多大なストレスである。そういうのは精神的虐待ではないのか？

羽葉木では冠城一族が正義だ。連中にとっては屁理屈で道理を曲げることなんてしごく簡単なことだろう。

これまで、遥自身は本家の人間と関わるのは面倒で極力避けてきたが、久遠と連絡が取れなくなって、そうも言っていられなくなった。

さすがに事情もわからないまま怒りにまかせて本家を直撃するのはまずいと思い、今は改名して『奏多《かなた》』と名乗っている妹の婚家である『星見《ほしみ》』……羽葉木では冠城姓が多いので屋号で呼ぶのが常識になっている……の翔麻《しょうま》に電話を入れた。本家絡みの件に関しては年上の義弟である翔麻が久遠との連絡係になっているからだ。

今回の初盆の強制参加も本家の意向という名目で翔麻に口説き落とされたようなものだった。遥としては冠城家とはいっさい関わり合いになりたくなくて翔麻のスマホの番号も知らなかった。

しかたがないので翔麻と奏多が暮らしているマンションの家電《固定電話》にかけてみた。一応、何かがあったときの保険としてそれだけは控えておいたのだ。

コール音が五回鳴って。

『はい。冠城でございます』

電話口の向こうで取り澄ました声がした。

久々に聞く妹の声だった。

絶縁して何年も経つのに、不思議と声は変わらないものだと思った。

既視感はあっても懐かしさはない。あのときのように奏多に対して特に感情を揺さぶられることもなかった。

最後に奏多を見たのは両親の葬儀だった。

——お姉ちゃんも久遠も、あたしのせいだって思ってるんでしょ。みんな、あたしが悪いって、そう思ってるんでしょ！

交通事故死した両親の葬儀が終わったばかりだというのに、皆の前でみっともなくわめき散らす妹に我慢がならなかった。

——あたしなんかいなくなっちゃえばいいって思ってるんでしょ！

当時高校生になったばかりの遥は、三歳年下の妹の醜態にマジギレした。両親が死んだというのに二人の死を悲しむどころか、まるで悲劇のヒロインぶってみっともなく泣きわめく妹に我慢ができなくて容赦のない平手打ちを食らわした。

まさかの一撃に奏多はガクンと腰砕けになった。耳障りな泣き声も瞬間途切れて、呆然とした顔つきで遥を見ていた。

奏多だけではなく、その場にいた者はみな息を呑んで遥を凝視していた。

ただ一人、当時は小学生だった久遠だけが遥の腰にしがみついて必死に『やめて!』と訴えかけていた。

たぶん、久遠が止めてくれなければ、不様に腰砕けになった奏多を激情のままに蹴《け》りつけていただろう。なんだかもう、自分でも歯止めがきかなかったのだ。

それが、奏多との絶縁のきっかけになった。

不公平だ。依怙贔屓《えこひいき》だ。理不尽だ。そんな言葉で久遠を罵《ののし》ることしか能がない身勝手な妹と縁が切れて、遥的にはいっそせいせいした。

その後、奏多は望み通りに羽葉木の住人となり、まるで当てつけるように冠城の分家筋に当たる翔麻と結婚した。

いきなり結婚式の招待状が送られてきたときにはさすがに驚いた。しかも、結婚相手がまさかの翔麻だなんて、あまりにも不釣り合いすぎて呆気にとられた。

奏多本人は大恋愛の玉の輿《こし》のつもりなのかもしれないが、遥に言わせれば『星見』の魂胆など見え見えだった。翔麻《星見》は既成事実を作ったつもりだろうが、こちらがそれに乗ってやる義理もなかった。

当然、結婚式には出なかった。

久遠も出るつもりはなかったが、水上家の親族が一人も参列しないのはあまりにも体裁が悪いと先代当主に説得されて、久遠だけがしぶしぶ出席したのだった。

両親が事故死して遥はすっぱりドライになりきったが、それまでの経緯が経緯だったこともあり久遠はいろいろと複雑な心境だったに違いない。

遥は結婚式の話など何も聞かなかったし、ずっしりと重い引き出物を抱えて帰ってきた久遠も何ひとつ語らなかった。まぁ、ひどく疲れたような久遠の顔つきを見れば一目瞭然だった。

遥の中では絶縁した時点で奏多は無用の存在になった。たぶん、奏多もそうだろう。

むしろ、水上家との関係を完全抹消したがったのは奏多のほうだろう。自分に都合の悪いことはすべてなかったことにしてしまいたい。それが奏多の望みでもあったはずだ。翔麻と結婚したことでそれは永遠に叶わない夢になってしまったが、そこまで筋読みができる女でないほうがむしろ『星見』にとっては都合がいいのかもしれない。どうとでも都合のいいように掌《てのひら》で転がせるだろうから。

翔麻がどういうつもりで奏多と結婚したのか知らないが、中学の二年先輩に当たる翔麻には、当時とても仲のいい幼なじみの同級生がいたことを遥は知っている。

テンプレだが美男美女のカップルとして非常に人気があった。近い将来結婚するだろうともっぱらの噂で、誰もがそれを信じて疑わなかった。なんだかもう嫉妬するのもバカバカしくなるほどの理想のカップルだった。

なのに、である。どういう訳ありで奏多なんかと結婚する羽目になったのかは知らないが、もしかしたら本家という名の圧力があったのではないかと当時は本音で翔麻に同情したくなった。

それは、ともかく。

『もしもし？　どちらさまですか？』

いつまで経っても相手が名乗らないことに焦《じ》れたのか、問いかける奏多の声のトーンが若干低くなった。

「あたし、遥だけど」

とたん、向こう側で息を呑んだような気配がして。その直後、いきなりガチャンと通話が切れた。

「はぁぁ？」

思わず、遥はスマホを睨みつけた。

まさか、名乗ったとたんに電話を切られるとは思ってもみなかった。

（何、それ？）

カチンときた。……どころではない。

はっきり言ってムカついた。こっちだってわざわざ電話をかけたくてかけたわけではないのにと思うと、嫌悪感を過ぎた憤りを覚えた。

怒りを圧《お》し殺して、もう一度電話をした。

コール音が三回鳴って、すぐに留守電モードに切り替わった。

奏多からの明確な拒絶。頭の芯がスッと冷えた。

（あ、そう。そっちがその気なら、行くしかないわね）

たとえ遥にとって羽葉木が二度と足を踏み入れたくない鬼門であったとしても。

遥にとって、久遠より大事な者はいない。

そんな久遠と突然連絡が取れなくなってしまったのだ。漠然とした不安が奏多からの拒絶で抑えがたい憤激へと上書きされてしまった。

3　Side　羽葉木　――冠城奏多――

水上彼方《かなた》にとって第一の転機は両親の事故死だった。

生まれ育った羽葉木から見知らぬ土地へ引っ越しを決めた両親が許せなくて、ますます折り合いが悪くなった。

溜まりに溜まった不満が爆発して家出をした。どうしても羽葉木に帰りたかった。そして、そんな彼方を迎えに行く途中で事故に遭って両親は亡くなった。

そのとき、悲しい気持ちよりもこれで自分を不当に縛り付けていた鎖がなくなったかと思うとなんだかホッとした。

それでも両親の葬儀で醜態をさらしてしまったのは、姉と弟の物言わぬ視線がどうにも痛くてたまらなかったからだ。

とにもかくにも、両親の死をきっかけに羽葉木に戻ってこられて、ようやく彼方はなりたい自分になれたような気がした。たとえその経緯が姉妹間の断絶を生んだ醜聞まみれだったとしても。

二度目の転機は翔麻と知り合えたことだ。憧れが高じて、どうしようもなく翔麻に惹かれた。それこそ、翔麻のためならば何を犠牲にしてもいいと思えるほどだった。

だから、積極的にアプローチをした。それで周りの女子たちから顰蹙《ひんしゅく》を買っても構わなかった。念願叶って翔麻の恋人になれたときには幸せすぎて胸が痛くなるほどだった。

翔麻との婚約を機に本来の名前である『彼方』から『奏多』に改名した。奏多にとって『彼方』は捨て去りたい過去も同然だったからだ。本当は『かなた』という呼び名も変えてしまいたかったが、羽葉木ではすでに『かなた』読みで認識されていたので断念した。

灰髪灰眼である弟が生まれてから、水上家の日常は崩壊した。すべてが久遠を中心に回り始めたからだ。そのせいで、奏多は常に『不公平』と『理不尽』に晒されてきた。

奏多にとって日本人離れした色を持つ久遠は家族の中の異物でしかなかったが、冠城一族にとっては瑞応《ずいおう》である証《あかし》らしい。だから依怙贔屓をされて当然という図式がどうにも納得できなかった。

みんなにちやほやされる久遠が羨ましいというより、疎ましかった。嫌だった。できる姉の遥に無条件で溺愛される久遠が大嫌いだった。

誰も彼もが久遠のことばかりにかまけて、奏多はいつも疎外感を味わった。

(もっと、あたしを構ってよ!)

あたしを見て。

あたしのことを気にかけて。

ちゃんとッ。

もっとッ…………。

きちんとッ………………。


——愛して!!


それを素直に口にできる性格ではなかった。

それを言ったら久遠に負ける気がして。……鬱憤だけが溜まった。

だから、つい、意地の悪いことを言ったり、やったり。それくらいは許されて然るべきささやかなレジスタンスだと思った。

なのに、誰も……両親も姉も、そんな奏多を『わがまま』だの『自己チュー』だの『思いやりがない』だのと詰《なじ》るだけで奏多の気持ちを理解してくれようとはしなかった。

だったら、そんな家族なんかいらない。

だから、奏多から見切りをつけてやったのだ。

両親の葬儀にやってきた先代当主に泣いて訴えた。自分が水上の家でどんなに辛く理不尽な扱いを受けていたかを切々と訴えた。

先代当主は奏多の心情を理解してくれた。羽葉木に戻ることを認めてくれた。奏多が羽葉木で生活していけるようにいろいろと手配をしてくれた。

嬉しかった。もう二度と久遠に振り回されなくても済む。もろもろの理不尽から解放される。そう思ったら、嬉しくて泣けてきた。

ようやく、本当の意味で生まれ故郷である羽葉木の住人になれた気がした。

翔麻との結婚式に久遠を参列させるのはものすごく嫌だったが、翔麻に、

――今の奏多がどれだけ幸せなのか見てもらえれば、たぶん、久遠君も安心するんじゃないかな。

そう言われて、しぶしぶ出席を認めた。

そうだ。

そうよね？

久遠に見せつけてやればいいのだ。羽葉木を捨てた久遠が得られなかった幸せを奏多が手に入れた。そのことを見せつけてやればいいのだと思った。

そうやって気持ちを切り替えた。あんなに嫌だった久遠との再会も少しだけ楽しみになった。あくまで、ほんの少しだけ……だったが。

(今度は、あんたがあたしを羨む番)

それを見せつけてやりたかった。

家族を切り捨てても手に入れたかったもの。心の安寧という幸福感。

奏多は幸せだった。あとは翔麻との間に子どもが生まれればパーフェクト。奏多はそう信じて疑わなかった。

それから三年が経った。いまだに子どもはできなかったが、こればかりは焦ってもしょうがない。

翔麻は優しいし、義理の両親もすでに内孫も外孫もいるせいか、奏多によけいなプレッシャーをかけることもない。

その幸せがずっと続くものだと思っていた。

なのに、奏多の平穏は突然破られた。先代の初盆に招かれた久遠が失踪したからだ。

（はぁ？　行方不明って……何？　どういうこと？）

先代の初盆は滞りなく行われたが、久遠の失踪騒ぎは収まらなかった。

（なんなの、いったい）

奏多は、久遠が本家に嫌がらせをするために参列をドタキャンしたのではないかと思っていた。実際、そういう噂が流れたりしているので。

そのせいで翔麻も対応に追われている。普段は何があっても泰然と構えている翔麻の顔つきが険しい。

奏多の友人知人の間でも、いろいろな情報が錯綜していた。

――ねぇ、どうなの？
――どういうこと？
――もしかして、口止めされてる？
――それって、やっぱりあれなの？
――あれって、何よ？
――だから、誰かと駆け落ちしたんじゃないかって。
――えーッ、ウソぉ。
――それこそガセネタでしょ。
――ホントはどうなってるの？
――知ってるんでしょ？
――ねぇねぇ、教えてよ。誰にも言わないから。

久遠が奏多の実弟だと知れ渡っているので、みながあれこれと探りを入れてくるのが本当に鬱陶しくてならない。適当にあしらうのもいいかげんうんざりだった。
だけど、そのまま無視することもできなくて。奏多の玉の輿婚に嫉妬していまだにあれこれ言う輩《やから》が多くて、そういう連中に限って口が軽すぎるからだ。本当にストレスが溜まりまくりだった。

奏多がつい、それを翔麻に愚痴ると。

「奏多、迂闊《うかつ》なことは言わないでね。本家でも神経を尖らせてるから。つい、うっかりでよけいなことは言わないこと。いい？」

翔麻にはしっかりと釘を刺された。

（ホント、どこまで嫌みったらしいのよ、あいつは）

内心で久遠を罵る。

どうせ、今頃は何食わぬ顔で水上の家に戻っているに違いない。

そう思っていたら、突然『久遠が神隠しに遭った』という噂が出て、それがあっという間に拡散してしまった。

さすがに奏多も気になって。

「ねぇ、翔麻さん。久遠が神隠しって……どういうこと？」

翔麻の顔色を窺うように口にした。

「ちょっと、マジでまずいことになってるらしい」

「……え？」

「本家の瑠偉《るい》さんとトラブって、それっきり久遠君が行方不明になっちゃった……みたいな」

奏多はごくりと息を呑んだ。

（まさか、ホントに？）

単なる嫌がらせとかじゃなくて？

本当にいなくなった？

この羽葉木で？

（ウソぉ…………）

まさか、そんなことになっているとは思ってもみなくて、さすがに動揺してしまった。

もう……何が何だかわからなくなった。

本家の三男が、本家公認の『特別養い子』である久遠を目の敵《かたき》にしているのは、知らない者がいないくらいの有名な話だ。小学校時代からの因縁がある。名前を呼ぶのも癪《しゃく》に障るのか、久遠のことはいまだに『灰色頭《シンデレラ》』呼ばわりしている。

「奏多も久遠君のことは心配だろうけど、真相がはっきりするまでしっかり口は閉じておいて。ＬＩＮＥであれこれ愚痴るのも厳禁だから。これって僕からのお願いじゃなくて本家からのお達し。言ってる意味、わかるよね？」

いつにない翔麻のきつい口調に、奏多はこくこくと頷くことしかできなかった。

その翌日。

家に知らない番号から電話がかかってきた。

（……誰？）

「はい。冠城でございます」

相手は答えない。

「もしもし？　どちらさまですか？」

不審に思って、つい声のトーンが低くなった。

『あたし。遥だけど』

瞬間、耳の奥がぞわりと揺れたような気がして。思わず息を呑んで、脊髄反射のごとく受話器を叩きつけるように元に戻した。

どきどきと異様に鼓動が速まった。

（……やだ。……ウソ。……なんで？）

思考が上手くまとまらない。

そのとき、翔麻の言葉が不意に甦った。真相がはっきりするまでしっかり口は閉じておくようにと、いつになくきつい口調で念を押されたことを。

久遠が羽葉木に来て行方不明…………………。噂や憶測はいろいろ飛びかっているが、真相は誰も知らない。

こんなことが遥に知れたら、まずい。いや、絶対にヤバい。大問題である。

怒り狂う遥の形相が目に浮かぶ。問答無用で平手打ちにされたあのときの痛みが不意にフラッシュバックした。

遥の久遠に対する溺愛ぶりを身に沁みて知っている奏多は背中にたらたらと冷や汗が流れる

思いだった。もしかしたら、遥も久遠が家に帰ってこないことを不審に思って、我が家に探りを入れに来たのではないかと。

なんと言っても、本家と関わり合いになりたくないのが見え見えな久遠を先代の初盆に担ぎ出したのは翔麻である。

奏多が翔麻と結婚したことで、なし崩し的に水上家との連絡係を押しつけられてしまった。奏多にしてみればそれだけが痛恨の極みであった。

電話をぶち切られたくらいであの遥が諦めるとは思えない。あわてて留守電モードに切り替えた。

……と、すぐにまたコール音が鳴った。

びくりと、電話を凝視する。先ほどの電話番号と同じだった。

「ただいま留守にしております。……………………」

定番の台詞が流れたあと、メッセージを残すことなく電話は切れた。それを見て、奏多は詰めた息をそっと吐き出した。

4　Side 羽葉木 ――冠城瑠偉――

冠城瑠偉は本家の三男である。

出来のよすぎる兄二人に比べると、すべてにおいて見劣りがする三兄弟の末っ子。……というのが羽葉木での評価である。

他人事だと思って、みな好き勝手なことを言う。二人の兄がどこに出しても恥ずかしくないほどに優秀なのは事実なので、よけいに腹立たしい。

本人もそのあたりのことはよくわかっていて、小学生時代からいろいろ拗《こじ》らせて今に至る。兄二人は直系男子という本分をわきまえているが、瑠偉は自由奔放というにはいささかきかん気が過ぎた。

それも、特定の相手には粘着質という厄介な性格だった。

年齢的にも体質的にも、兄二人には何をやっても敵《かな》わないという刷り込みがきっちり入っているので、コンプレックスはあってても無駄に尖る気にはなれなかった。それこそ、鼻先でいいようにあしらわれるのが落ちだろう。

なにより、父親である清龍《せいりゅう》が厳格すぎて逆らうことなどできなかった。まさしく頭の上の鉄板だった。その分、祖父は末っ子には甘かったが。

瑠偉が自分で触れ回るまでもなく、本家直系三男という肩書きに周りが勝手に忖度《そんたく》をする。たとえ内心はどうでも、表立って瑠偉に盾突こうとする者はいない。瑠偉も、それが当たり前だと思う傲慢さがあった。

言ってみれば、瑠偉は冠城《箱庭の中》で育った世間知らずのお山の大将だった。本人にそこらへんの自覚はなかったが。

そんな中、唯一、瑠偉に忖度もしなければ媚びることもない男子がいた。水上久遠である。

ある意味、新鮮だった。

周囲が黒髪黒眼が当たり前の中でただ一人の灰髪灰眼という異質が強烈に目に焼き付いた。肩を小突いたら腰砕けになってしまいそうなほど細くて体力がなさそうなのに、生意気そうな眼力だけが半端なかった。

上から目線で『灰色頭』呼ばわりされても畏縮《いしゅく》しない男。それどころか、視線が合ってもまったく興味も関心もないとばかりに無言でさっくりと無視された。不遜な態度を隠そうともしないのが無性に癇《かん》に障った。

あからさまに無視されたことがないお坊ちゃま育ちの瑠偉にとって、久遠は初めて苛《いら》つきを覚える存在だった。

同年代に本家公認の『特別養い子』がいると知ったのは幼稚園の年長組のときだ。どうにも胸がざわついた。瑠偉には甘い祖父も積極的に本家に囲い込みたがっていた。

何十年かぶりに現れた『瑞応の色』を持つ少年のことで周囲は沸き立っていたが、瑠偉は不快だった。出来過ぎの兄が二人もいるのに、その上、養い子とかいう他人にこの先もずっと比較され続けるのかと思うとそれだけでムカついた。

噂だけはよく耳にするが、まだ会ったことはない。この先もずっと視界の中に入ってくるな、そう思っていた。

なのに、同じ小学校。

しかも、同じクラス。

どういう皮肉《嫌がらせ》かと思った。

その上での『灰色頭』呼ばわりだったわけだが、当然のことながら、その一件で久遠との仲は最悪になった。

それが、今でもずっと尾を引いていた。羽葉木に久遠はいないのに、その名前が途切れることはなかった。まったくもって不愉快きわまりなかった。

周囲はそれを面白おかしく冷やかしにかかる。特に、幼稚園来の幼なじみである分家の北斗《ほくと》たちは物言いに遠慮がなかった。同様に、口喧《くちやかま》しい分家の女子たちも。

冗談と、冷やかしと、皮肉。それらを適当に混ぜ込んで、その上からパラパラと砂糖と塩を振りかけるような会話が日常的だったから、瑠偉もいちいち目くじらを立てるようなことはなかった。

鷹揚《おうよう》なのではない。いちいち相手をするのもバカらしくて面倒くさかったからだ。

けれども、久遠にはそういう内々の冗談が通じなかった。


——おまえらがどこの何様で、俺の知らない何を知ってようが、そんなことはどうでもいい。俺はただのド庶民だからな。冠城の厄介事なら、そっちで勝手にやってくれ。初盆が終わったら俺はさっさと帰る。くだらないことに俺を巻き込むな。


久遠と二人、西の蔵の掃除を父親から命じられて腐っていたところに北斗たちと女子組がやってきて、例によって例のごとく好き勝手に言い合っていたとき、猛烈な嫌悪感を込めて久遠がピシャリと言い放った。

相変わらず不遜なほどのクールさを崩さなかった久遠だが、もしかしたら瑠偉と同じで不本意な蔵掃除でけっこう煮詰まっていたのかもしれない。

その腹いせだったのか。蔵の中にあった古い葛籠《つづら》の中からいかにも年季の入ったボロボロの短剣を持ち出した北斗が、それを無理やり瑠偉に押しつけようとした。

瑠偉にしてみれば『なんで、俺？』だった。

相手が違うだろ。そう思った。

やり込められた腹いせなら久遠にやり返すべきだろう。

とんだとばっちりであった。

北斗が押しつけようとした短剣を身体を引いて受け取りを拒否すると、行き場を失った短剣がそのまま落ちた。腐食した鞘《さや》がボロボロに崩れて、錆《さ》び付いて剝《む》き出しになった短剣の切っ先が土間に突き刺さった。

………瞬間。瑠偉の中で何かが弾け飛んだ。

騒ぎの張本人である北斗の胸ぐらを摑んで、そのまま力まかせに蔵から引きずり出した。

「おまえ、どういうつもりだ？」

低く恫喝《どうかつ》する。怒りともつかないものが喉に絡んで、じりじりと灼《や》けた。痛いのか、熱いのか、エグいのか……。よくわからなかった。

「どうって……。ただの確認事項だけど？」

いけしゃあしゃあと北斗が口にする。

「なんのッ？」

「だから、灰かぶり姫もいよいよ本気を出す気になったのかなぁ……って」

瑠偉は本音で北斗の首を締め上げたくなった。

「今回、久遠が初盆に呼ばれたのって、つまりあれだろ？」

意味ありげに北斗が口の端でへらりと笑う。

何を、どこまで知っているのか。

それとも、ただカマをかけただけなのか。

あるいは、北斗流のブラフだろうか。

「けど、久遠のあの様子だとなーんにも知らされてないみたいだし。なんか、特大のサプライズが修羅場化しそうな感じ？」

とたん、煮詰まっていたものが一気に逆流して。北斗の腹に瑠偉の拳《こぶし》がめり込んだ。

容赦のない本気の一撃。

「ぐっ……はっ」

北斗が顔を歪ませて膝からガクンと落ちた。

足下で呻《うめ》く北斗をぎろりと睨みつけて、瑠偉は鼻息も荒くその場を去った。

背後で、統理《とうり》と阿須加《あすか》が、

「北斗ぉ、大丈夫か？」

「……ッたく、何やってんだよ」

「ほら、ちゃんと息しろって」

「無駄に煽るなよぉ」

「とばっちりはゴメンだっつーの」

「今日のおまえ、やり過ぎ」

ごちゃごちゃと言っていたが、きっぱり無視した。それっきり振り返りもしなかった。煮えるような怒りを込めて北斗の腹を一発殴りつけただけでは気が収まりそうもなかった。

そのあと、まさか久遠の失踪騒ぎが勃発して大騒ぎになるとは、このときの瑠偉は知る由《よし》もなかった。

5　Side　羽葉木　――スキャンダルの真相――

久遠が不可解な失踪を遂げてから一週間。

のどやかな羽葉木の様相は一変した。

遥が鬼の形相で本家に乗り込んできたからだ。

「だから、きちんとした説明をしてくださいとお願いしてるだけですけど」

冷えた口調と同様に、遥の目は完璧に据わっていた。

久遠が羽葉木へ初盆に出かけたまま行方不明になった。なのに、冠城本家からは納得のいく説明がまったくなされなかったからだ。

「ですから、何度も申し上げている通り、西の蔵の掃除をしている最中にいきなり久遠君が姿を消してしまった。それが事実です。こちらとしてもいろいろ心当たりを捜していますが、今のところそれ以上のことは何もわかっていません」

本家の主張は一貫してそれだった。

それだけ、だった。

まったくもって、バカにしているとしか思えない。わざわざ出向いてきたのに誠意の欠片《かけら》もない態度に遥は激憤した。

冠城本家としてはなんとか内々で穏便に収めてしまいたいようだったが、当然、事はそれだけでは済まなかった。

久遠の失踪には本家が絡んでいるに違いないと思い込んでいる遥は、羽葉木に来る前に地元の警察に久遠の行方不明者届を提出していたからだ。

冠城一族が支配する羽葉木では何をやるにしても遥だけでは圧倒的に不利だ。

目に見える実害がなければ警察は動いてもくれない。それどころか、下手をすれば冠城本家にとって不都合なことはもみ消されてしまうかもしれない。

あてにできないのと信用できないのとではまったく違う。

だったら、羽葉木とは違うフィールドできちんとした事件にしてしまえばいいだけのことだ。

久遠の行方不明者届は受理された。警察がどこまで本気でやってくれるのかはいまいち不安ではあったが、これまでの経緯が経緯だったこともあり、遥はこのまま泣き寝入りをするつもりなどさらさらなかった。

この際、本家……いや、冠城一族はとことん思い知ればいいのだ。自分たちがどれほど非常識で傲慢だったのかを。

＊　＊　＊

九月に入ってもまだまだ残暑が厳しい。

羽葉木は今、揺れに揺れている。

摩訶不思議なミステリー…………。久遠失踪の大スキャンダルで、どこもかしこも誰も彼もが大揺れだった。

「なんか、すごいことになってるな」

久々に瑠偉と顔を合わせて開口一番、ボソリと蒼士がもらす。

「あることないことさんざんマスコミに叩かれて、羽葉木は大炎上。今や、我が家は怪しげなオカルトかぶれのとんでもない一族だからな」

ことさら淡々と瑠偉が言った。傲慢が服を着て歩いている態度のデカさが平常運転の瑠偉にしては、ずいぶんとしおらしい。

いまだに収まらない世間の噂に家名も地に落ちた。などと言われて、いちいち憤激するのもバカらしくなったのか。それとも、一周回って頭もそれなりに冷えたのか。瑠偉の顔つきからその心情はうかがい知れない。

「まぁ、ある意味、自業自得じゃないかな」

蒼士もたいがい辛辣だった。

「遥さんが怒鳴り込んでくるのも無理ないよ。久遠、溺愛されてるから」

「ブラコンが過ぎて、キモい」

「それを言うなら、本家は久遠のストーカーだろ」

蒼士がさっくりと断じると、瑠偉はむっつりと黙り込んだ。

久遠に対する狂信的な付《つ》き纏《まと》い行為。

権力を笠に着た許されないゴリ押し。

羽葉木の常識は世間の非常識。

ここぞとばかりにマスコミは派手に書き立てる。ネットはどぎつく煽る。過熱報道はいまだに底が見えなかった。

「どこかのバカどもがアホな真似をするから、よけいに話がややこしくなっただけだ」

それだけはどうしても許しがたいのか、瑠偉の口調にもあからさまな刺《とげ》がこもった。

「あれって……マジなわけ？」

つい、蒼士の声のトーンも低くなった。

「……マジ。あいつら、連帯責任取らされて謹慎中。ていうか、事が事だけに親戚中から白い目で見られて針のむしろだろ。テレビでもネットでもガンガン叩かれてるからな。雫《しずく》は体調不良で激ヤセしてるし、ほかの奴らも引きこもり一直線。美咲《みさき》なんかストレスで五百円ハゲになってるらしい」

ここまで来たら下手に隠す必要もないとでも言いたげだった。

瑠偉が言うところの『バカどもがやらかしたアホな真似』というのは、分家筋の女子たちが結託して西の蔵で久遠に仕掛けたハニートラップのことである。

(ホント、よりにもよって、なんでそういうことをやらかすかな)

蒼士にはまったく理解できない。

(頭おかしいんじゃないか?)

言い出した奴も、それに乗っかって悪ノリする連中も。

(だいたい、それって犯罪だろ)

バカ丸出しの域を超えていた。憤激すら覚えた。

久遠の不可解な失踪事件が発覚したそもそものきっかけは、当時、西の蔵の掃除を命じられた瑠偉と久遠に、差し入れと称してやってきた女子たちが北斗のやらかしに乗じて、蔵を出たところで瑠偉たちには内緒でこっそりドアに鍵をかけてしまったことである。蔵の中に久遠と華月《かづき》の二人を故意に放置して。

彼女たちは華月に頼まれたのだと言った。久遠と二人っきりで話がしたいから協力してほしいと懇願されたらしい。

警察の事情聴取でも彼女たちが口を揃えてそう言っているのだから、たぶん、それが事実なのだろう。この期《ご》に及んで華月一人をスケープゴートに仕立てても意味がない。全員が共犯者なのだから。やらかしてしまった罪は重い。彼女たちがどの程度それを認識しているのかは知らないが。

鍵をかけた蔵の中で男と女が二人っきり。それはもう、誰がどう見たって立派な確信犯《ハニートラップ》だろう。華月が強引に既成事実を狙ったとしか思えない。関係を迫って拒否されても、女が自分で服を破って悲鳴でも上げれば男は圧倒的に不利である。

そういうシチュエーションを想像しただけで蒼士には鳥肌ものであった。

なんで、そこまで？

どうして、そんな悪辣なことを？

みなで寄ってたかって集団レイプを仕掛けたも同然である。


——だって、華月がどうしてもって言うから。

——この機会を逃したら、久遠君、二度とこっちに戻ってこないだろうし。

——ハニートラップなんかじゃない。ちょっとした悪ノリのつもりだったのよ。

——久遠君ってさ、自分がどれだけ恵まれてるのかぜんぜんわかってないんだもん。ちょっとくらい意地悪をしたくもなるでしょ。

——華月も相当焦ってたんだと思う。好きでもない文家の次男との縁談が決まりそうだったから。

——相手、知ってる？　女癖の悪いタラシだよ？

——過去にもいろいろやらかしてるけど、結局示談になってるみたい。あそこ、お金だけは有り余ってるみたいだから。

——なんかもう、ミエミエだから。手っ取り早く重石をつけちゃおうって魂胆が。無理やり結婚させたってあの性分が変わるとも思えないけど。

——だったら、最後のチャンスで華月の好きにさせてやろうと思ったのよ。

——奏多が大番狂わせの略奪婚で玉の輿に乗っちゃったでしょ。あれで、家格無視の下剋上恋愛合戦が始まっちゃったわけ。ホント、いい迷惑。

——華月と二人っきりになっても、久遠君なら問題ないと思ってた。華月には悪いけど、久遠君、絶対に落ちないってわかってたし。

——だから、ただの悪戯《いたずら》のつもりだったんだってば。

——告白しないで後悔するよりもきっちり振られてしまったほうがスッキリするじゃない。それなら諦めもつくし。

瑠偉自身、今もって、華月が何を思ってそんなバカなことをしでかしたのかまったく理解できなかった。

それに加担した女子たちの身勝手な心情も。それって、結局、セクハラを通り越したタチの悪い犯罪だろう。

北斗たちが言うには。

——そりゃあ直系ボンボンの瑠偉に華月の気持ちなんかわかんないだろうよ。あいつは『風見』の家で暮らしてても、いまだに認知されてない婚外子扱いだからな。

——そうそう。みんな口には出さないだけで、知ってる奴は知ってるわけで。使い勝手のいいコマ扱い？　そこらへんのプレッシャーがハンパなかったんじゃないのかな。

——久遠のオマケの姉ちゃんに翔麻さんを持っていかれて、女子たち、相当モヤってたみたいだし？

——さんざん見下してたもんなぁ。

——もしかして、今度のハニートラップって、その意趣返しとかじゃないよな。

——つーか、華月も華月だけど、それに乗っかる雫たちもバカ丸出しだろ。

——あいつらもけっこうエゲつないよな。

——女は怖ぇぇッ。

そういうもろもろの事情とやらに、瑠偉はまったく気づいてもいなかった。彼女たちが何をどう思っていたかなんて、興味も関心もなかった。言ってしまえばそれに尽きた。

「灰色頭もとんだ災難……ってことでオチがつけばまだマシだったのかもな」

「それってさ、結局、瑠偉も彼女たちと同類ってことだろ。久遠のことを本能で見下してるところが」

「しょうがねーだろ。俺と灰色頭は永遠の天敵モードなんだから。にっこり笑って腹じゃ何を考えてんのかわかんない奴より、思ったことをズバズバ吐きまくる俺のほうがよっぽどマシなんじゃね？」

そこのところは否定できない蒼士であった。

ちなみに。華月は奏多の同級生である。その奏多がたびたび問題行動を起こし、すったもんだの末に羽葉木に出戻ってきて、あげくに翔麻と玉の輿婚になったとき、分家と支家の女子たちからは怨嗟《えんさ》の声が噴出したらしい。

翔麻は結婚相手としては最優良株であった。

なのにどうして、あんな女と……というのが彼女たちの言い分だった。翔麻の結婚相手は幼なじみの悠里亜《ゆりあ》だと誰もが思い込んでいたので、よけいに激震が走った。

悠里亜ならばしかたがないと諦めもついたのに、なんで？　どうして、よりにもよって奏多なんかと…………。

　瑠偉だって、そう思う。

（翔麻さんの趣味、悪すぎだろ。俺だったら、いくら金を積まれても久遠の姉ちゃんだけは絶対にゴメンだけど）

　その悠里亜は語学留学という名目で海外に行ってしまった。そこになにかしらの作為を感じたのは何も女性陣ばかりではない。

　要するに、久遠を取り込むために翔麻は貧乏くじを引かされたのだと誰もが思った。翔麻に恋い焦がれて周囲が見えなくなっていた奏多以外は。

　そういう経緯もあってか、分家支家筋の女子たちは水上姉妹弟を毛嫌いしている者も多かった。

　長女の遥は納得できないことには一歩も譲らず理詰めで相手をやり込める男勝りだったし。次女の奏多は何かと言えば不幸ぶりたがる空気の読めない自己チューで。末弟の久遠は分不相応な恩恵を迷惑がる不遜な少年だった。

　本当に、揃いも揃って厄介者。……というのが大方の見方だった。

　奏多の評判はともかく、そこには水上姉妹弟の心情などいっさい考慮されていない。末端の蒼士に言わせれば、権力者一族ならではの傲慢きわまりない論理であった。

　とにかく。いくら待っても蔵の中の華月からはメールも来ないし電話もない。さすがに心配になって、彼女たちは西の蔵のドアを控え目にノックして声をかけた。

返事がない。

しょうがないので鍵を開け、足音を忍ばせて中に入ってみた。

けれども、そこには久遠も華月もいなかった。


――え？

――は？

――ウソ。

――どこに行ったの？

――なんで？

――どういうこと？


彼女たちは困惑した。中にいるはずの二人が揃って蔵の中から忽然と姿を消してしまったからだ。残されていたのは棚に置かれていた久遠のバッグと床に落ちていた華月のスマホだけ。

完全な密室にもかかわらず、まるで煙のようにその場から姿を消してしまった二人。

マジックでもイリュージョンでもないのに？

そんなことがあるのか？

現実に………ありえるのか？

それで、大騒ぎになった。

当初、不可解な失踪をしたのは久遠だけだと思われていた。

彼女たちはハニートラップの件がバレるのを恐れてプチ・パニックになり、とっさに華月のことを隠そうとした。この件が公になってしまうと一族にとってはあまりにもスキャンダラスだったからだ。

みなで悪ノリしているときには軽く考えていたことが、思ってもみない形で現実化してしまったとき、彼女たちは自分のしでかしてしまったことの重大性を否応なく実感させられて怖くなったに違いない。

華月のことさえ黙っていれば、万が一彼女たちが鍵をかけたのがバレたとしても、それは久遠に対するほんの悪戯心だと主張できると思った。華月の名誉のためにも。それ以上に、自分たちの面目を慮《おもんぱか》って口裏を合わせることにした。

瑠偉たちも、当初は彼女たちも一緒にみんなで蔵を出たと思い込んでいたので、華月の不在には気がつかなかった。

けれども、嘘を貫き通すことは難しい。どんなに口裏を合わせたとしても、必ずどこかでボロが出る。華月の親にもいろいろ聞かれて良心が咎めた。そして、とうとう隠しきれなくなった。一人が口を割ってしまえば、あとはなし崩しだった。

本家は激怒した。

『風見』の家は絶句した。

彼女たちの親は娘たちのあまりに軽率な行動を嘆いた。

そして、不可解な謎だけが残った。密室状態の蔵から、いったいどうやって二人が消え失せたのか。

あれから一ヵ月が経った。

依然として、久遠と華月の行方はわからない。本家や分家にしてみれば『二人が駆け落ちをして行方をくらました』説が一番都合がよかったのだろうが、そうそう現実は甘くない。

なにしろ、久遠のスマホや財布が入ったバッグは蔵の中の棚に置かれたままで、翌日には蒼士との約束もあった。

蔵のドア近くの監視カメラの映像にも、久遠と華月が出てきた姿は映っていない。

いくら辻褄《つじつま》を合わせようとしても駆け落ち説にはならない。ましてや、怒れる遥を適当にごまかすことなどできなかった。

「……で？　どうなんだ？」

「何が？」

「何か進展はあった？」

「ぜんぜん。灰色頭の姉ちゃんとの確執が深まっただけ」

こんなときでも瑠偉は久遠を『灰色頭』呼ばわりする。

ブレない傲慢さ、とでも言えばいいのか。そこらへん、もはや突っ込む気にもなれない蒼士だった。


美族という名の闇。

ミステリアスな失踪事件。

オカルトチックな謎。

マスコミは派手に書き立て、ネットは言いたい放題に加熱する。

多大な疑問と解明できない謎を残したまま、憶測は肥大し、流言は拡散して、事件はそうそうに迷宮入りをしそうな気配だった。

6　異質なるモノ

六国八州がひしめき合う中央大陸のど真ん中にある広大な未開の地は、獰猛な野生種が跋扈《ばっこ》する魔境である。

名をイェリアス大森林という。

そこではいっさい魔法が使えない。

どれだけ魔力量があっても、魔法陣も詠唱も発動しない。貴重な魔導書を持ち込んでも役に立たないし、希少な魔石もただの石ころに成り果てる。ごくごく簡単な生活魔法すら使えなくなる。

魔法という便利なアイテムが日常生活に深く浸透し依存することに慣れきった世界で、唯一、非日常な異次元スポットがそこにあった。

なぜなのか、誰にもわからない。

どういう仕組みになっているのかもわからない。

その成り立ちの由来を知る者さえいない。

制約なのか。

契約なのか。

掟《おきて》なのか。

それとも別の何かなのか、それすらもわからない。

ただ、そういう、ものなのだというリアルな現実があるだけで、イェリアス大森林の謎はいまだに解明されていなかった。

ゆえに、畏怖《いふ》を込めて『魔力喰らいの森』と呼ばれた。

どんなに凶悪な犯罪者も狂信者も、人生に絶望した自殺志願者であっても、大森林だけは忌避する。なぜなら、凶暴な野生種に生きながらに食われて死ぬという悲惨な選択をする者など、どこにもいないからだ。

そんな人外魔境に、ある日突然、水上久遠は飛ばされてきた。

ついさっきまで羽葉木の冠城家の蔵で掃除をしていたはずなのに、ふと気がついたら鬱蒼としたジャングルの中にいた。それも、たった一人で。

わけがわからなかった。

非常識の極みだった。

ここは、どこ？　……唖然として。

なんで？　……絶句して。

どうして、こんなところに？　……頭の中が真っ白になった。

助けを呼ぼうにもスマホもなかった。泣けてきた。絶望感に打ちひしがれた。

それでも、どうにか気を取り直して。

とにかく、人がいる集落を目指して歩き出したものの、緑の迷宮に嵌まり込んでしまったようで方向感覚さえ摑めなかった。

まるで、アマゾンの密林の中を当てもなくひたすら歩いているような……歩かされているような気がした。

何に？

誰に？

なんのために？

ただの夢ならばいつかは覚めるだろうが、何もかもが妙にリアルで。

これが現実だなんて認めたくなくて。歩いても歩いても出口さえ見つからずに、心が折れそうになった。いっそ、視界に映るものすべてを拒絶したくなった。

腹が立って。

イラついて。

ムカついて。

わけもなく怒鳴り散らしたい衝動に駆られた。

たぶん、いいかげん気が滅入っていたのだろう。

そのうち歩き疲れて、ギュルギュルと腹が鳴った。まるでギャグ漫画みたいに。

腹が減りすぎると本当にギュルギュル鳴るなんて、なんだか笑えてきた。もう、笑うしかなかった。

エプロンのポケットに飲みかけのお茶《ペットボトル》が入っていなければ、とうに脱水症状で倒れていたかもしれない。

いったい、なんの因果でこんな目に…………。

ため息がずっしりと重かった。

木の洞《うろ》に身体を押し込んで一夜を明かし、その後、ラ・フランスもどきの果物を見つけて飢え死にせずに済んだときには心底ホッとした。

――と、思っていたら。なぜか黒鎧軍団に遭遇して死にかけた。

あまりにも予想外というか、非日常を斜め上にかっ飛んでいく展開に思考が麻痺して声も出なくなって、そのまま意識がブラックアウトした。

それから、三途の川を渡りきってしまう前にシュライツラー獣人王国の神官であるドーシャに助けられて死に戻った。

人生が超ハードモードである。何がなんだかわからないままジェットコースターに乗せられて思いっきり振り回されているような気分だった。

最悪だった。

最低だった。

人生観が一八〇度変わった。

おそらく、そのときに『水上久遠』という人間は一度死んでしまったのではないだろうか。

死に戻ったというより、魂レベルで再生した？

名前も知らない新たな世界に馴染むように？

そうでなければ、いくらなんでも異世界転移などという非現実的な状況をあっさり受け入れられるはずがない。

＊　＊　＊

ドーシャとその護衛隊である狼氏族の一行に囲まれて歩いている久遠は、いつになく浮かれていた。

元世界では理由は不明だが動物にも鳥にも蟬にも嫌われまくり、ついでにこちらの世界では護衛の獣人たちにも避けられまくっていた久遠だったが、鶏卵サイズの化石卵から孵化《ふか》したとしか言いようのないミラクルな事象で羽の生えたトカゲもどきのノワが、ペットになったからだ。

久遠は驚喜した。それだけでテンションが爆上がりだった。

ノワの定位置は久遠の頭の上。きらきらしい久遠の銀髪に漆黒のノワというコントラストが派手に悪目立ちをしていた。

魔力が抜けて圧縮し、化石化した魔鳥の卵から雛が孵《かえ》るなんてさすが異世界はファンタジーだと思っていたら、そんなことはこちらの世界でもあり得ない非常識だと言われてしまった。

……………なるほど？

どうやら魔法世界も万能ではないらしい。

その魔法も、魔力喰らいの森と呼ばれている大森林《特殊な環境》ではまったく使えないというのだから、ますますわけがわからない。

だが、現代日本から異世界転移してきた久遠の存在自体が理不尽《ミステリアス》な異物なのだから、この先何が起こっても不思議ではないのかもしれない。

とりあえずは元世界の常識はいったん棚上げしておいて、何事も臨機応変……くらいでちょうどいいのだろう。

実際、灰髪灰眼だった久遠は、豹人部隊の護衛騎士に殺されかけて、気がつけば銀髪藍眼に変身《メタモルフォーゼ》してしまった。まるで冠城一族の土地神伝説を地で行くかのように。

はっきり言って、わけがわからない。ますます理解不能だった。

久遠的には未知との遭遇だったが、ドーシャにそれは『妖精の加護』の成せる御業《みわざ》だろうと言われてしまうと、じゃあ、もうそれでいいかと思えてきた。

こちらの世界の理《ことわり》を知らない無知を下手に悩むよりも、そういうわけのわからないことは異世界転移特典の範疇《はんちゅう》として割り切ることにした。でなければいろいろありすぎて、いいかげん頭が爆発してしまいそうだったからだ。

右も左もわからない異世界で生きていくための取捨選択。

いささか過保護すぎるきらいはあるが、こちらの世界でドーシャという保護者を得られたのは久遠にとってはなによりの僥倖《ぎょうこう》であった。

それにしたって、何が悲しくて二度も殺されかけなくてはならないのか。もしかして、久遠が知らないだけで何かそういう危険なフラグでも立っているのだろうか。

異世界は久遠にとってはハードすぎるサバイバルであった。

ドーシャにとっても、安全地帯であるはずの野営地で久遠が襲われたのは衝撃だったらしくて、その詫びかどうかは知らないが、名前まで捧げられてしまった。

『私、ドーシャ＝ユル・キリアはメルティア主神の御前で誓いを立てる。この先、何があってもクオン、君を常《とこ》しえに護り、慈しみ、共にあることを』

神官であるドーシャにとって、それは違《たが》えることのできない神聖な聖句であるらしい。

そんなものを軽々しく受け取ってもよかったのだろうかと、あとになって気づいたが、それも今更なのかもしれない。

それによって久遠はドーシャの『愛し子《ヴェリダ》』になってしまったらしい。たぶん、ドーシャが久遠のことを同族から見捨てられた可哀想な子どもだと勘違いをしているからだろう。

すべてがまったくのでたらめというわけではないが、ちょっとだけ罪悪感めいたものが頭の隅を掠めた。


久遠が大森林にいた理由。それは一族から見捨てられたから。↑冠城本家から本人の承諾もなく飛ばされてきたのだから、ある意味、そうとも言える。

親はいない。姉に育てられた。↑嘘ではない。遥にはもう二度と会えないかもしれないと思うと胸が痛む。

読み書きができるのは先生に教わったから。↑日本には義務教育というありがたいシステムがある。こちらの言葉と文字に不自由しないのは転移特典に翻訳機能がついていたからだろうと勝手に思っている。

久遠が自分から棄民だと口にしたことは一度もない。灰髪灰眼であることを理由に誰も彼もが久遠を『灰かぶり』だと決めつけているにすぎない。↑それだけで出会い頭に殺されかけたのは憤激ものだったりするが。

久遠は嘘を言っていない。ただ本当のことを口にしなかっただけ。↑異世界に飛ばされてきてこの世界のことに関しては無知も同然なので、迂闊なことは言えない。警戒心は必須条件だと実体験で思い知らされた。


それにしたって、成人を過ぎた大学生の自分が『愛し子』…………。

なんともこっ恥《ぱ》ずかしい肩書きだが、とりあえず、ドーシャはこの世界で信用できる唯一の存在になった。

異世界ボッチではなくなった。

この世界での居場所ができた。

それだけでストレスがぐっと減った。

この先、何がどうなるのか。その不安がないといえば嘘になってしまうが。

7　夜の鼓動

異世界の夜は真の闇夜だった。

元世界では深夜でも煌々と街灯がともり、ネオンがぎらつく繁華街の喧騒と、二十四時間営業のコンビニの明かりを見慣れた日本育ちの久遠にとっては、原始的な畏怖を連想させる異世界の夜はなんだか背中がぞくぞくしてしまう。

一寸先は闇。それを具現化したかのような夜の様相。

(素でホラーだよな)

霊感など欠片もないはずなのに、そんな気がする。下手な理屈など一呑みにされてしまいそうで。昼と夜のギャップが激しくて、なんだかときおり息が詰まった。

野営のための焚《た》き火が暗闇を照らす唯一の光源だった。デコボコした土の上で厚手の毛布にくるまって寝る。最初は身体が痛くてなかなか寝付けなかった。久遠が特に軟弱なのではない。そういう野外生活にいまだに慣れないだけである。もともとアウトドア派ではなかったので、よけいに。

だから、寝付く寸前までドーシャに話しかけるのが定番になってしまった。

ときおり焚き火のはぜる音以外、物音ひとつしない暗闇に同化してしまいそうで、怖いから……だけではない。こちらの世界情勢などまったく知らないままでは、先行きが不安だったからだ。

さすがに、この世界の成り立ちとか、迂闊なことをあれこれ聞きまくって異世界人である素性が身バレするのはまずい。逆に、これだけは知っておかないとまずいだろうという基本情報はしっかり頭に入れておきたい。

久遠はそう思っていたが、すでにいろいろやらかしているという自覚はまるでなかった。

ドーシャは久遠が何を聞いても笑うこともなければ茶化すこともなく、何でも丁寧に答えてくれた。神殿付きの神官というのはたいそうな博識なのだというのがよくわかった。

(神官っていうから宗教職のエキスパートで、そのほかのことには興味がないのかと思ってたけど、そうでもないんだな。どっちかっていうとグローバルな視野を持つ外交官って感じ)

でなければ元世界で言うところの雑学キングだろうか。

神官がみなそうなのか、ドーシャが特別なのかはわからないが。とにかく、この世界の棄民の子どもは識字能力が低い物知らずが基本らしいので多少変なことを聞いても大丈夫だろうと、久遠は遠慮なく聞くことにした。

情報はこの世界で生き抜くための知識に変換される。スマホもない、参考書もない、ノートもない、ペンもない。今のところは聞いたことを書き留める手段がないので、記憶力だけが頼りだった。

（どんだけハードモードなんだよ）

内心愚痴りながらも、脳みそをフル回転させて貪欲にこの世界の知識を海馬《かいば》に刻み込んでいく久遠だった。

その夜。

いつものようにドーシャを質問攻めにしていたら、逆に聞かれた。

「クオン、君はこの先どうしたい？」

「どうって……何が？」

「だから、大森林を出たあとのことなんだけど」

まさか、いきなりそんなことを聞かれるとは思っていなかったので、何をどう答えればいいのか少しだけ不安になった。

「それってもしかして、この森を出たらドーシャとはそれっきりってこと？」

「いや、そうじゃなくて。何かやりたいことがあるのかなって話。私は今更クオンを手放すつもりはないよ？　君は私の愛し子なんだから。正式に聖句を奉じて絆が結ばれてしまった以上、誰であっても私たちを引き離すことはできないから」

淡々と語るドーシャの眼差しは優しくも強い輝きがあった。

「そうなんだ？」

「もしかして、けっこう重くて驚いた？」

「や、別に。この先もドーシャと一緒にいられるなら、それでいいよ」

すんなりとその言葉が口をついた。

本音だからだ。この世界で自分の居場所があるというのは何物にも代えがたい、今の久遠にとっては譲れない一線であった。

ドーシャは口元を和らげた。久遠の言葉に嘘がないとわかったからだろう。

この先、何もかもドーシャまかせなどとは思ってもいないが、ドーシャと離れがたいのは事実だ。ドーシャが言うところの名捧げの儀式がどの程度の重さなのか、正直、久遠にはいまいちよくわからないが、ドーシャの特別になったという安心感は決して金では買えないものだからだ。この関係を手放せないのは、もしかしたら久遠のほうなのかもしれない。

「ありがとう。クオンにそう言ってもらえるとすごく嬉しいよ」

にっこり笑顔で言われて、なんだか顔が熱くなった。純粋な好意を素直に言葉にされると存外照れるものなのだと初めて知った。

（ドーシャって、無自覚のタラシなんじゃねーか？）

つい、そんなふうにごまかしたくなる。

元世界ではクールモードが平常運転だった久遠には、ドーシャに対する親密度が爆上がりすることに多少の戸惑いを感じないではいられなかった。

「えーと、何がしたいかって急に言われてもわかんないけど。……そうだな。ドーシャのおかげでせっかく命拾いしたんだから、とりあえず自立できるようにはなりたいかな」

当時のことを思い出してか、ドーシャは痛ましげに久遠を見た。

「そんな顔すんなって。ドーシャにすげー感謝してるのは本当だから。そういえば俺、まだあのときの礼も言ってなかったよな。今更だけど、ありがとな」

本当に今更だったが、ケジメはケジメとばかりに深々と頭を下げた。

その頭を撫でようとしてつい手を伸ばしかけて、久遠の頭の上にノワが張りついているのを見て取ると、ドーシャはなんとも言えない顔つきになった。

ノワに威嚇されているわけではないが、紫に金が混じったノワの目に値踏みされているような気がする。ただの錯覚かもしれないが。

「なんだかノワに負けたような気がする」

ぼそりともらすドーシャだった。

「俺を刺した黒鎧の奴らって、どこの誰だかわからないんだったよな？」

「今のところは我が国の者ではない、としか言えない」

一度目は違うと断言できるが、二度目の襲撃は身内の仕業だったこともあり、さすがにドーシャの口は重い。

ドーシャは久遠にはその事実を正直に伝えた。とうてい隠しきれるものでもないので。何より下手にごまかして久遠の信頼を失うのが一番怖かった。

ベイン隊の者が見慣れない久遠を不審者と間違えて斬りかかってしまったこと。久遠の警護を任されていたロキがその襲撃を未然に防げなかったことを悔やんでいることも。

実際、ロキは久遠に深々と頭を下げた。定番の十ラド《メートル》離れた向こうからだったが、謝罪の気持ちは充分伝わった。

そのとき思ったのは。『灰かぶり』という氏族はいったい何をやらかして大陸中の者たちから毛嫌いされるようになってしまったのかということだった。ドーシャに『政治絡みでいろいろと』と言われてしまうと、もはやため息しか出なかった。氏族問題というのは白か黒かで語ることのできない複雑な事情を孕《はら》んでいるのは、元世界でも同じだったことを思い出した。

そして、大森林の話になったとき。

「野生種の大暴走、か」

なぜか、幼稚園の遠足の記憶がフラッシュバックした。初めての動物園が久遠は楽しみでしかたなかったのだが、その動物たちが久遠を見て狂乱してしまったあの衝撃的な事件のことを。

なんだか嫌な符合であるが、動物園で飼われている動物は名ばかりの野生と言えなくもない。大森林に生息する凶暴な野生種とでは比較にならないだろう。

（うん。俺は関係ない。……関係ない）

呪文でも唱えるように自分を納得させる。

これまで二度も殺されかけた経験上、転移特典として、あっさり殺されてしまわないためのチート能力、絶対防御みたいなものがあれば欲しいとは思うが、元世界の謎体質まで強化されたかもしれないとか、そういうマイナス・ポイントはマジでいらない。

その調査のために各国の調査団が入っているらしいと、ドーシャは言った。

ドーシャに教えてもらった勢力図によれば、イェリアス大森林と国境を接しているのはアルバーナ皇国、シュライツラー王国、ドリンドル帝国、ザカリーシュ公国である。ドーシャが属するシュライツラー王国でなければ黒鎧集団は残りの三国のうちのどれかということになる。

「どこの誰だか、やっぱり気になるよね？」

「そりゃあな。あいつらのせいで死にかけたわけだし、今後のためにもちゃんと知っておきたいとは思う」

あのときのことは正直思い出したくもないが、相手がどこの国に属しているかわからなければ誰に怒りの矛先を向けたらいいのかもわからない。

ドーシャは『どうして？』とは問わなかった。だが、言いたいことはわかる。

「知ったからってどうなるもんでもないけど、許せるかどうかは別ものだろ？」

突然、異世界に転移させられて、何が何だかわからない不安でギリギリ限界だったところに、出会い頭でいきなり刺し殺されかけた。あの衝撃はトラウマものである。しばらくは護衛隊が長剣を帯刀しているのも怖かったくらいだ。

理屈ではない。植えつけられた恐怖というのはなかなかに厄介だった。

「クオンの怒りも許せない気持ちも、それはクオンだけのものだから、どうしろとは言えない。でも、私としては、そればかりに気を取られすぎないようにしてほしいかなとは思ってる。この先、久遠には心穏やかに過ごしてほしいからね」

それが神官としての本音なのだろう。

罪を憎んで人を憎まず……なんて、偽善的なことを言われないだけマシのような気がした。

そんな気持ちにはとうていなれそうにもないからだ。

「そこまで執念深くはないって。だいたい、そんなクソヤローのためによけいな神経使うのもバカバカしいだろ。まぁ、因果応報っていうから、いつか天罰が下ればいいとは思うけど」

「……クオン。軽々しく天罰などとは言わないほうがいい」

真顔でドーシャに諭《さと》されて。

（あー、やっぱ、神官っていうのはそういう神様関係にはけっこう神経を使うタチなんだ？）

それなりに納得する。

「神官的にはNGワードだったりする？」

一瞬、ドーシャは奇妙な顔つきになった。

「え？　何？　もう一回言ってもらえる？」

「だから、ドーシャ的にはもしかしてそういうのは禁句だったりするのかなと思って」

「……そうだね。真摯な祈りが思いがけない福音をもたらすように、度しがたい激情は時として予期しない災いを引き起こすこともあるから」

ずいぶん婉曲な言い回しだが、久遠が興味を引かれたのはその核心部分だった。

（それって、もしかしてサイキック的な？）

神官であるドーシャがそれを口にするとなんだか信憑性がぐっと跳ね上がる。

（マジか？）

サイキックは存在する？

さすが、魔法が存在する世界はスケールが違う。この地の特殊性があるから大森林では魔法が発動するところは見られないが、サイキックもそのカテゴリーに入るのだろうか。

宗教としての『神』という概念はあっても、基本、元世界の神様は何もしてくれないのが普通である。昔は人知の及ばない天災は神罰だと思われていたようだが、こちらの世界ではそういう超自然現象的《スーパー・ナチュラル》なものが本当に存在するのかもしれない。

（神罰があるなら、呪いとか祟りとかもごく普通にあるってことだよな？）

それはそれで怖い。

元世界では、超自然的なものより、ちょっとしたことですぐにキレる人間のほうがよっぽど怖い……みたいなことを言われていたが、そもそもこちらとあちらでは恐怖の大前提が違うのだろう。

あちらの世界では科学で検証できないものや真偽が実証できない仮説は事実として認定されないが、こちらの世界では霊障も悪霊も霊体も現実的なものとして立証されているのかもしれない。

それ以前に、この世界では命の価値が異様に低すぎるような気がする。棄民と間違われて久遠があっさり殺されかけたように。

昔の日本でも問答無用の無礼討ちがあった。身分制度はそれを許容する。つまりは、それがこの世界の常識なのだろう。

貴族↓平民↓流民↓棄民。下に行くほど命の値段は安くなる。理不尽な図式はどの世界でも共通なのだろう。

どんな悪感情であったとしても、それが生きていくための手段になるのなら、それは必要悪ではないだろうか。愛は世界を救うかもしれないが、愛情だけでは空腹を満たせないというのが現実である。

久遠が殺されかけたように、あのときの黒鎧連中も全部まとめて死んでしまえばいいとは願わない。だが、身分を笠に着て弱者を平然と虐げるような奴らは、その身分を剝奪されて自分がただの生身の人間であることを思い知ればいいとは思う。

（いっそ、あいつらも『灰かぶり』になってしまえばいいんじゃね？　そうすれば、今まで自分たちがやってきた意味も痛みも嫌というほどわかるだろ）

善行は善行を呼び、悪行は悪行に落ちる。世界は違っても基本は同じだろう。

もしも人生が等価交換であれば善悪はずっとシンプルで、元世界でもこの世界でも人はもっと思いやりが持てて世の中はずいぶん生きやすくなるのではないかと思わずにはいられない久遠であった。

＊　＊　＊

いきなり真剣な顔つきで黙り込んでしまった久遠を見やって、ドーシャはなんとも言えない気分になった。

（やはり、心の傷が癒《い》えるにはまだまだ時間がかかりそうだな）

無理もない。二度も殺されかけたという現実は忘れられない記憶《傷痕》になる。

普段は落ち着いているように見えても記憶は不意に甦り、心をかき乱す。昼間はそうでもないが、夜になると久遠は寝付くまでドーシャのそばを離れようとしない。つまりは、そういうことなのではないだろうか。

ただでさえ死は怖い。避けることができない天命であるからだ。

死だけはどんな人間にでも平等に訪れる、神との約定であるからだ。

どんなに身分が高い貴人でも唸るほど金を持っている富豪でも、天命には逆らえない。それが世界の理である。

いつ、どこで、どんなふうに人生の最後を迎えるのか。それは誰にもわからない。それを決めるのは神の領分であるからだ。

昼間の久遠は快活とまでは言えないが、それなりに過ごしている。

子どもはもっと気儘で騒がしいものだが、殺されかけたショックで記憶が曖昧になっているらしいとはいえ久遠は聡《さと》い。自分の置かれた状況をそれなりに理解しているのだろう。ロキたち護衛隊を無駄に煩わせることもない。久遠とロキ隊の間には明確な線引きがあるのは事実だが。

空元気ではなく、少なくともノワをペット代わりにするようになってからは、久遠の機嫌もよさそうだった。

それでも、ふとした弾みに傷はぶり返すのだろう。

どこまで立ち入っていいのか、迷う。これは久遠が自分で向き合うことでしか癒やせない傷だからだ。

久遠のような『妖精の加護持ち』をどのように扱うのが正解なのか、わからない。そもそもドーシャが知る限り、手本とするような文献が現存しないからだ。ドーシャとしてもそこが悩みどころである。

(だったら、私は私にできることをやるだけだ)

久遠を常しえに護り、慈しみ、共にあること。それこそがドーシャの本望だった。

＊　＊　＊

思考の沼にどっぷり嵌まっていた久遠がパチパチとはぜる焚き火の音にふと我に返ると、ドーシャの腕に包まれていた。

いったい、いつの間に…………。

それを思うとつい舌打ちしそうになった。まったく気づきもしなかった自分がなんだか気恥ずかしくて。

「何？」

上目遣いに問いかけても、光源は足下の焚き火だけという状況ではドーシャの表情までは読み取れない。

「いや、少しばかり冷えてきたみたいだから」

ひっそりした声だけがやたら甘ぃ。

(タラシだ。やっぱ、タラシだろ)

変に鼓動が速くなった。過保護に甘やかされているという自覚があるから、よけいに。

「ほら、もっと、こっちにおいで」

まるで子どもに言い聞かせるように言われて。

「こっちって、どっちだよ」

ぶすりと口を尖らせる。

それでも、ドーシャに促されるままにもぞもぞと動いて身体を密着させた。ちょうど背中からすっぽりとドーシャに抱きしめられるように。

(や……この格好って、さすがに…………)

単に照れるというより、変にどぎまぎした。

「このほうが暖かいだろ?」

それは……否定できない。

このシチュエーションは絵面《えづら》的にはどうかと思うが、どうせあたりは真っ暗でロキたち護衛隊にも見えないだろうから、まぁ、いいかという気にもなった。

なにより、安心感が違う。

人肌の温《ぬく》もりが心地よかった。たぶん、相手がドーシャだから安心して寄りかかっていられるのだろう。頭の隅で、もう吊り橋効果のせいにはできないな……と思った。

姉の遥には『ハグは愛情表現の基本』とばかりに猫可愛がりされたが、家族（彼方は除く）以外の者とのスキンシップは苦手だった。

小学生時代は瑠偉という天敵がいたし、周囲は冠城本家に忖度して必要以上に関わろうとはしなかった。

友人と呼べるのは蒼士くらいなものだった。

蒼士とはよくしゃべり、よく笑い、どこへでも出かけていった。そうやって、半ば無意識にお互いの欠けたモノを埋めていたのかもしれない。

久遠はまるで珍獣並みに遠巻きにされていたし、蒼士は失読症ということで周囲から見下されていた。

絶対音感を持つ蒼士が素晴らしい才能を開花させピアノ演奏をするのを見て、久遠は我が事のように喜んだ。半面、羽葉木ではそういう蒼士の努力が正当に評価されないことが悔しかった。

――別にいいよ。ない物ねだりをしても時間の無駄だから。それより今は、自分のやりたいことをやれる幸せっていうの？　久遠みたいにちゃんとわかってくれる友人がいるってだけで勇気百倍だって。

そんなふうに笑っていられる蒼士が好きだ。

蒼士のそばでは気を張っている必要がないからいつも自然体でいられた。

かけがえのない親友だと思っている。でなければ、久遠が羽葉木を出たあとも密に連絡を取り合ったりしない。

結局、泰伯峡でソーメン流しをするという約束は果たされなかった。きっと今頃、心配しているだろうなと思う。元世界での気がかりといえば姉の遥と蒼士のことだけだった。

その点、ドーシャとの関係は少々複雑だ。

打ち明けられない秘密を抱えたまま、信頼関係はどこまで維持できるのだろうか。それが悩みどころだが、物事はなるようにしかならない……くらいの適当さでいいのかもしれない。

あれこれ考えすぎて煮詰まると、ロクなことにはならないような気がした。

よくよく考えてみれば、こんなふうにドーシャと寄り添うのも久しぶりだった。それを意識したとたん、なんだか体温が急に上がったような気がした。

＊　＊　＊

そのとき。

ふと、馨《かぐわ》しい匂いがした。腕の中から…………。

（クオン？）

なぜか、それを意識したとたん、月光の夜にひっそりと咲くファリアの花蜜がしたたり落ちるかのように濃密な香りが闇を染めた。

あまりの馨しさに思わず目を閉じる。

しっとりと甘い芳香が鼻をくすぐる。

誘われて。

つられて。

……………陶酔する。

久遠の肩口に顔を埋《うず》めて、匂い立つ香気を堪能する。

（………あぁぁ………）

知らず声にもらすと、思考にうっすらと紗《しゃ》がかかった。

花よりも芳《かん》ばしい。

蜜よりも香ばしい。

香木よりも馨しい。

抗《あらが》いがたい何かに搦め捕られて、理性がとろりと蕩《と》けていくような気がした。

＊　＊　＊

いつも久遠を子ども扱いして、何かにつけ、いつもは鬱陶しいほど頭を撫でたがるドーシャが、このところ手を伸ばしかけて止める。そんな怪しい素振りをくり返しているのは、久遠の頭にノワが居座っているからだろう。

ついこの間も。ノワに負けた……とか、わけのわからないことをぼそりとつぶやいていた。

最初は『ハン、ざまあみろ』的な気分だった。

異世界転移の特典なのか、弊害なのか、そこらへんはよくわからないが。久遠の見かけは高校入学当時に時間が巻き戻ってしまった。とはいえ、中身はとっくに成人した大学生。それなのに子ども扱いされてスキンシップ過剰なのがいいかげん鬱陶しいと思っていたはずなのに、定番の『頭なでなで』がなくなってしまうと、なんとなく物足りなくなってしまった。

いつの間に毒されてしまったのかと思わないでもなかったが、慣れというのはそういうものなのかもしれない。

そんなドーシャと久しぶりに寄り添って身体が密着してしまうと、変に意識して胸がどきどきした。

(いや、おかしいだろ)

何がおかしいのか、自分でもよくわからなかったが。体格差のありすぎるドーシャの腕の中にすっぽり包まれてしまうと、やたら顔が熱くなった。

(……って、まずいだろ)

焦って。

そわついて。

…………身じろぎができなくなった。

と、いきなりドーシャが肩口に顔を埋めてきたりするものだから、驚いて、心臓がひとつ大きく跳ねた。

「え……と、あの……ドーシャ?」

どぎまぎと呼びかけると、腕の締め付けがきつくなった。

は?

……え?

…………ええ？

がっちり抱き込まれて狼狽《うろた》える。その動揺につけ込むように首筋を舐め上げられて、鼓動が一気に速まった。

（や……わっ……ちょっ……待て……！）

嘘だろ。

マジかよ。

まさか、だろ？

顔面が煮立つ気がして、ドーシャの腕の中でもがく。

（こんなとこでやる気じゃないよな？）

十ラド離れているとはいえ、先の見通せない闇の向こう側にはロキ隊の面々がいる。

狼氏族は鼻も利くが耳もいい。ついでにそれなりに夜目も利く。……らしい。

久遠には彼らの話し声など聞こえないが、その気になれば、彼らにはドーシャとの内緒話は丸聞こえになってしまうに違いない。一応、そこらへんは『盗み聞きはしない』という礼儀の範疇になっているらしいが。

そんなロキ隊はノワをペット代わりにしたときから久遠をやたらと警戒している。以前から距離感はあったが、あの日を境に一気にあからさまになった。

正直なところ、久遠は彼らが何をそんなに警戒しているのかわからない。彼らとは直接言葉を交わしたことがないからだ。

初対面でいきなり『バカヤロー。不用意に近づくんじゃねー！』とばかりに蜘蛛の子を散らすように飛《と》び退《の》かれてしまったので。せっかくお近づきの挨拶をしようと思っていたのに、あれはけっこうショックだった。動物だけではなく、久遠の特異体質は獣人にも作用するのかと思ったら、なんとも言えない気分になった。

彼らが頑なに距離を取ろうとするのは久遠の特異体質が影響しているのだろうが、それだって程度があるだろうと思う久遠だった。

以前は避けられている感があった。

今は完全に警戒されている。あからさまに。

その違いがノワだというのなら、久遠にはお手上げだった。

そんなロキ隊がいるところで、急にサカられても対処に困る。というか、本音で『冗談じゃねー』久遠であった。

なんで。

どうして。

いきなりスイッチが入ってしまったのか、まったくわからない。

（ドーシャ、このヤロー、正気に戻りやがれ～～ッ！）

奥歯を軋《きし》ませながら、内心激しく毒づく久遠であった。

＊　＊　＊

久遠の首筋を舐め上げるたびに芳香が増した。

なぜ？　……とか。

どうして？　……とか。

そんなことはどうでもよかった。

ただ、したたり落ちる馨しさを無心に舐め取る。それだけで、ドーシャの中の餓《う》えが際限なく膨れ上がっていった。

これまでドーシャは、それが餓えであることすら気づかなかった。知らなかった。そんなモノが自分の中に潜んでいることさえ。異変や不穏な気の流れを感知する能力に優れているはずなのになんの兆候もなかった。予測することもできなかった。淡々といつもと変わらない日常を過ごしていた。

けれど。久遠に出会って、久遠を知って、久遠にふれて、それが何であるのかを自覚した。

それが『欲』という名の甘い毒であることを。

もう、何も知らなかった頃には戻れない。戻りたくない。餓えの在《あ》り処《か》を知ってしまったから。その餓えを満たす術《すべ》に気づいてしまったから。

馨しき芳香。

魔力喰らいの森で目には見えないはずの霊気が揺らぐ。

ふわり、と。

ゆらり、と。

とろり、と。

霊気が芳香を放ってしたたり落ちる。花蜜よりも甘く、果蜜よりも上品で、蜂蜜よりも極上な……それ。

舐め取るたびに視界が色づいていく。

酩酊《めいてい》感にも似たその味を知ってしまったら、もう、ほかの誰も愛せない。譲れない。手放せない。喪《うしな》えない。…………そういう禁忌の味がした。

＊　＊　＊

ディープなキスを貪《むさぼ》られる。

口の向きを変えながら。歯列を割り、差し込まれた舌で口蓋をなぞられる。

それだけで身体がひくひくと震えた。

知っている。…………熱の在り処を。
覚えている。…………身体の疼《うず》きを。
感じている。…………快感を。

熱くて、熱くて、たまらなくて。
キスをされているだけなのに、身体が燃えるように熱くなる。
その熱を逃す術を知らなくて、久遠は無我夢中でドーシャの背中に爪を立てた。

つぷりと尖りきった乳首を指の腹で押しつぶされて、足の指が反《そ》り返った。
痼《しこ》って熱を持った乳首が痛い。
舌でねぶられて。
やんわり甘噛みされて。
頭の中が真っ白になる。
指で弾かれて。
つまみ揉《も》まれて。

芯ができてしまったものを舌で押しつぶされて、きつく吸われた。
痛い…………。
熱い…………。
…………………………気持ちいい。

もっと。
…………して。
気持ちよく。
…………して。
さわって。
弄《いじ》って。
舐めて。
噛んで。
…………吸って。
与えられる刺激に酔って。
高められて。

頭の芯がずくずくになる。

絡みつく指にしごかれて、とろとろと蜜がこぼれ落ちる。
そのたびに双珠が吊り上がって、わずかに腰が浮く。
指で。
舌で。
爪で。
さんざん弄られて。
舐められて。
ねぶられて。
…………蜜口が痛い。

もう……出ない。
もう…………しない。
吸っても、出ない。
剝かないで。
舐めないで。

擦《こす》らないで。
やだやだやだ…………。
舌の先で突《つつ》かないで。
そこばっか、しないで。
じんじんするから。
ひりひりするから。
出ない。
出ない。
もう……出ない。
剝かないで。
舐めないで。
もう……変になるから弄らないで！

8 それぞれの思惑

今回、イェリアス大森林に派遣された大森林調査団は三班。

そのうちドーシャが隊長を務めるのは『植物採集班』だが、豹氏族で構成されたベイン隊、虎氏族と鳥氏族の混成部隊であるサヴォア隊に比べると小規模すぎる編成であった。

ベインもサヴォアも上級貴族で、ドーシャは神殿付きの神官。そんな身分格差ゆえにドーシャが蔑《ないがし》ろにされているわけではない。

訳ありの大森林に赴いて植物の生態調査をする任務に立候補をしたのがドーシャ一人だけだったので、それに即した部隊編成になったのだ。

神官、神官付き護衛官、および機動力のある小人数精鋭が基本の狼氏族隊。全員で十人編成である。

大森林の危険度を知る者からすれば、あり得ない部隊編成であった。

あからさまに素人部隊だと揶揄する者もいたが、そんな陰口などドーシャはまったく気にならなかった。今まで誰も足を踏み入れたことがない未開の大地への興味とわくわく感の前では、そんなことは些末《さまつ》なことにすぎなかったからだ。

神官の本分は俗世の欲を削ぎ落として神に奉仕することである。政治的野心にあふれるベインと生粋の軍人であるサヴォアとは見ている世界が違うわけで、無理に友好関係を維持しようという気持ちもなかった。

『こちらはこちらで好きにやらせてもらうので、そちらもどうぞ、ご存分に』

……という心境だった。

大森林まで来て無駄に時間をとられたくなかった。最初に挨拶を交わしたあとは、即、自由行動に移った。

おかげで誰にも邪魔をされることなく仕事は大いに捗《はかど》った。

それは、久遠を拾ったあとも変わらなかった。

＊　＊　＊

調査拠点である野営地を引き払って、大森林の辺部にある大隊本部に合流するための行軍中、ドーシャの護衛隊長を務めるロキが、周囲に目を配りながらきびきびした足取りで歩み寄ってきた。

「ドーシャ様。あれ、どうにかなりませんかね」

ロキの視線の先には久遠がいた。いつものように羽トカゲのノワを頭に乗せて歩いている。

あちらこちらに視線をやりながらなんの警戒心もなさげに。

(今日もクオンは可愛い)

自身の『愛し子』である久遠を見つめるドーシャの目は優しい。過保護というフィルターが幾重にもかかっているが。

そんなドーシャの贔屓目を抜きにしても、久遠とノワのコンビは一見ほのぼのと癒やされる光景ではある。

どこもかしこもほっそりとした久遠は、黙って目を伏せてさえいれば庇護欲を感じさせる子どもにしか見えないし、そんな久遠の銀髪にじっと張りついているノワはちょっと変わった形の髪留めにしか見えないからだ。

そう……。醸し出されるモノが異質の極みでなければ、だが。

魔力が抜けて圧縮し、化石化した卵が孵化することなどあり得ない。

天地がひっくり返ってもそんなことは絶対にあり得ない……はずなのだが、実際に自分の目で見た現実という事実が非常識すぎて重い。

いまだに、あれは白昼夢だったのではないかと現実逃避をしたがる自分がいる。それは否定できない。それほどの衝撃だった。

魔力喰らいの森で圧倒的な魔力が錬成されて暴発する。常識的に考えれば、それは奇跡などではなく災厄の前触れとしか思えない。

事実、護衛隊は戦々恐々であった。あれがいつ、牙を剝いて襲ってくるのか。それを想像しただけで冷や汗が流れた。

愕然としたのではない。

畏怖したのだ。あのちっぽけで取るに足りない羽トカゲに……。

実体験という言葉が虚しくなるほどに非常識。いや……理不尽な視界の暴力であった。

そんな現実を直視できなかったのはドーシャも同じだったが、久遠がドーシャの眼前に出現したときの魔法陣を見知っていた分、ロキ隊よりも立ち直りが早かった。

久遠が転送されてきた魔法陣は思わず見入ってしまうほどの美しさで、ノワが誕生したときに感じたのはあり得ないほど濃密な魔圧だった。

ふたつの事象はまったく別もののようで、そこにあるのは何らかの強い思念だった。

ドーシャはノワのそれが『妖精の加護』だと決定づけるほどの見識を持っていなかったが、少なくとも久遠に害を与えるようなものではないことだけは実感できた。

なにより、いつもは仏頂面が基本の久遠が、ノワをペット代わりに連れ歩くようになってから妙に機嫌がいいのだ。

『だって初めてなんだぞ、動物が俺に懐いてくれたの。＊＊＊＊＊も爆上がりだって』

珍しくも喜色に弾んだ声で語る久遠だったが、いったい何が爆上がりなのか、残念ながら肝心なところが聞き取れなかった。

そうなのだ。久遠と会話をしていると、たまに意味不明の単語が混じる。なぜか、その言葉だけ、はっきりと聞き取れないのだ。もしかしたら『灰かぶり』が使う独特な方言なのかもしれない。

ドーシャは自国の公用語のほかに他国の言葉にもけっこう通じていると自負していたが、さすがに独自の方言までは網羅していない。

聞くところによれば、ドーシャ付きの護衛官であるオーグリも出身地である田舎（辺境伯の領地にあるラングレー村）から仲間とともに中央に出て軍隊入りしたときには公用語に慣れなくて相当に苦労したらしい。

今まで自分たちが普通にしゃべっていた言葉が王国の標準語だと思い込んでいたのだと。それが公用語ではなく氏族語であり、しかも氏族語は地方の田舎の方言として見下されているのだと知って二度驚いたのだと。

自分たちの言葉が中央ではまったく通じなくて、けっこう笑いものにされていたようだ。今では中央の下町言葉にも通ずるほど公用語も達者になったようだが、やはり、とっさに口をついて出るのは故郷の言葉らしい。

言葉とは生まれ育った地域《氏族》の根幹をなすものだから、魂に刻まれた音感を消し去ることはできないのだろう。

それを逆手にとって、人に聞かれたくない内緒話をするときには狼氏族特有の方言を使うのだと言っていた。

なるほど、そういうものかと思った。そういう意味での故郷《ルーツ》を持たないドーシャには新しい発見でもあった。

ましてや、『灰かぶり』と呼ばれる者たちは、悪名だけは高いがその実態は謎に包まれていると言っても過言ではない棄民扱いなのだ。

誰もが彼らを忌避するだけで、実情を知ろうともしなかった。

忌憚《きたん》のない本音を言えば。誰も『灰かぶり』と関わり合いになりたくないのだ。彼らが棄民の中でも特異だから。

噂の範疇としての半端な知識はあっても実情は知らない。知りたいとも思わない。それでなんの不都合もなかった。久遠を知る前のドーシャがそうであったように。

久遠が語っていた『ロマ』という呼称もあくまで自称であるらしい。しかも、その土地土地によって呼び名が変わるのだとか。言語もそれによって複雑に変化していったのではないだろうか。それだけでもなかなかに興味深かった。

そういう呼称遍歴は、何世代にもわたって放浪生活をしてきた名残《なごり》なのかもしれない。あるいは長い年月の中で彼らもいくつかの氏族に枝分かれをし、それぞれが自分の氏族名を名乗るようになったのか。だとすれば、声高にラギ王朝の末裔を自称しているのもそういう支族の中のひとつなのかもしれない。その点についても興味と関心が尽きないドーシャであった。

……いや。それもこれも、久遠のことをもっと知りたいという願望だったりするのだろう。これまで、そんなふうに他人を想ったことのないドーシャにとっては、久遠限定で些細なことも気になってしかたがないのは自覚ずみだった。

伊達や酔狂で久遠に名前を捧げたのではない。久遠の置かれた状況があまりにも不憫すぎてついうっかり同情してしまったからでもない。

ドーシャは久遠にとっての唯一無二の存在になりたかった。ただ、それだけ。言ってしまえばそれに尽きた。

野営地でのベイン隊による強襲騒ぎで、久遠とドーシャの親密度が一気に増したことはロキたちも認識しているようだったが、それとは別に、今や久遠とノワに対するロキたち護衛隊の警戒心は最高レベルに達してしまったと言っても過言ではないだろう。

シュライツラー王国にあって、ドーシャのように身体的特徴が発現しない者たちを獣人系人氏族と呼ぶ。人氏族は総じて魔力量が少ない。いろいろな血筋がミックスされている者ほどその傾向にあるというのはよく知られている。

余談ではあるが。その人氏族の中からときおり先祖返りと呼ばれる英雄が誕生することも知られている。

血が混じるというリスクは、新たな進化へと至る道筋であるとも言える。

逆に、高い身体能力を持って生まれてくる氏族特性の血統からは英雄は生まれない。そう言われている。

諸説あるが、氏族特性の限界値が定められているからだろうというのが一番の有力説だった。上級貴族はその論説に真っ向から反論しているが、定説をくつがえすほどの根拠はない。

ドーシャのように人氏族でありながら高度の治癒魔法が使えるのも進化の表れと言えなくもない。けれども、そのドーシャですらロキたちが久遠に抱く畏怖……本能レベルで感じる怖《お》じ気《け》がどういうものであるのかはわからない。

そう、思っていた。久遠がノワに対して名付けをするまでは。

あの日。

あのとき。

あの瞬間。

ドーシャは確かに久遠の異質を垣間見た。

『灰かぶり』と呼ばれる者が特異なのか、それとも久遠だけが異質なのか。ほかに比較対象とする者がいないのでなんとも言えない。

普段は取り立てて意識もしていないが、あの瞬間、人氏族といえども獣人の根源に連なるものは確かに受け継がれているのだと実感させられた。

それでも、ドーシャにとっては自身の根源の有り様よりも久遠への想いが優先された。それが聖句による名捧げの儀の証であった。

ゆえに、ロキに『なんとかならないか』と言われて、束の間、言葉に詰まった。

ロキたちの護衛対象はあくまでドーシャであって、彼らにとって久遠は足手まといの添えものにすぎなかった。しかも、久遠に対する警戒心が半端ない。

彼らにしてみれば、ドーシャがよけいな危険物を囲い込んでいるようにしか見えないのだろう。ドーシャの安全確保のためには久遠とノワを排除してしまいたいのが見え見えだった。

そう……。できることならば、という注釈がつくのだが。

それも踏まえた上で。

「よけいなお荷物を抱え込んでしまって、申し訳ない」

率直に口にする。ほかに言いようがなくて。

護衛対象である自分が、我が身よりも優先したい者がいるなどとはさすがに口にできない。

それはドーシャのエゴにすぎないからだ。

「そういう言い方をされると非常に不本意なんですが」

ロキの本音がだだ漏れた。

「……だろうね」

ロキの手前、図らずも久遠をお荷物呼ばわりしてしまったが、実際にはまったく逆なので。そういうドーシャの気持ちはロキには丸わかりなのかもしれない。

「で？　どうするおつもりで？」

言外に『あれを本部に合流させるのは絶対に無理でしょ』とでも言いたげだった。

ぐさりと痛いところを突かれて。

「迷ってる」

ドーシャの口からもつい本音がこぼれた。

「……でしょうね」

「君は、お荷物はさっさと捨てていけとは言わないんだな」

「一応、言うだけ言ってみても？」

即座に切り返されて、ドーシャは苦笑した。

「ここで見捨てるつもりなら、最初から拾ってこないですよね？」

「甘すぎるかな」

「神官としての道義的責任ってやつですか？」

「……だけではないけどね」

「あんまり深入りしすぎるとまずいのでは？」

それはロキなりの真摯な忠言だろう。

久遠にすっかり情が移ってしまっているのは一目瞭然である。実際にはもっと深い仲になってしまっているのだが、ドーシャがそれを口にすることはない。

なにより、久遠に関しては秘匿事項が多すぎた。本音をもらせば、さすがのドーシャも手に余る。ロキもまさか、ドーシャが久遠に名前を捧げてしまったなんて思ってもみないだろう。

それは軽率な行為というよりあり得ない非常識だからだ。

「まぁ、見かけが灰かぶりじゃなくなっただけマシですが、いろいろ物議を醸すのは間違いないでしょうね」

悩ましい問題である。魔境で死にかけた子どもを拾ったなんて、たぶん、誰も信じないだろう。しかも、今の久遠は銀髪藍眼という外見が派手目立ちをして逆にヤバい。

その上、頭の上には珍獣もどきのノワが居座っている。

(そもそも、ノワの正体にしてからが謎だからなぁ)

化石卵は魔鳥の卵が魔力抜けして圧縮されたというのが学術的定説だが、ノワはどこからどう見てもトカゲである。しかも羽がある。

ドーシャの知る限り、現存する魔物図鑑にすら載っていない。

魔境と呼ばれる大森林に生息する魔物。そう決めつけてしまうのは簡単だが、属性すらわからない。

そんな謎生物が久遠の頭の上に居座っているだけで派手なインパクトを与えていた。

「とりあえず、頭の上のあれだけでもどうにかなりませんかね。クオンはすっかりペット扱いですけど、あれも別口で相当にヤバいでしょ」

ロキの口調はあくまで冷静だが、内心は別だろう。

なんといっても、絶対に孵ることのない化石卵から孵化した前代未聞の怪異である。手乗りサイズなのに、規格外。

そんな羽トカゲに喜色満面で名付けをしてしまう久遠の非常識が恨めしい。

「名付けの意味も、よくわかっていなかったみたいだから」

無自覚の天然。それが一番の大問題であった。

「最初はドーシャ様に取り入るために記憶が飛んだ振りをしてるんじゃないかって思ってましたけど、あれを見てクオンがどれだけ非常識なのかがよーくわかりましたよ。下手すりゃ命を落としてたかもしれないのに、おっそろしく無知でしたね」

名付けとは魂の契約である。いったん繋がってしまうと、どちらかが死ぬまで契約に縛られる。だからこそ、その恐ろしさは子どものうちから厳しく叩き込まれる。それはどの国でも同じだろう。

魔物が潜んでいるのは森林だけではない。そこかしこに危険は埋もれている。

中には、子どもが好きそうな小さきモノや可愛げのあるモノに擬態していることも珍しくはない。だから、ついうっかり手を出してしまわないように、しっかりと言って聞かせるのが親の務めである。

久遠の無知を詰るには遅すぎる。まさか、現実にあんなことが起きるなんて誰も予想できなかっただろう。

知らないで災厄を引き当てる悪運ほど怖いものはない。

「もしかして、従魔契約とかしてますかね？」

ロキの懸念も痛いほどよくわかる。

「わからない」

今のところ、それしか言えない。

動物にも獣人にもとことん嫌われる特異な性質であるらしい久遠にテイマーとしてのスキルが突然芽生えたとは考えにくいが、『妖精の加護』には魔物限定でそういう属性が覚醒するための特殊な発動条件がないとも限らない。

そもそも、久遠を巡る一連の事件で、久遠にはそういう摩訶不思議な加護らしきものがあるとドーシャが思っているだけで、実際には『妖精の加護』という確かな定義すらないのだ。

けれども、荊《いばら》ドームの中でドーシャは確かに見た。きらきらしい恩寵の光が久遠に注がれるのを。それは決して幻夢などではなかった。

だというのに、久遠本人はあくまで懐疑的だった。最初にドーシャが『妖精の加護』を口にしたときの久遠の顔つきは。まさに。

『はぁ？　あんた、何言ってんの？　頭おかしいんじゃねー？』

……だった。

本当に、なんなのだろう。あの手応えのなさは。まるで『恩寵』という観念さえわからないと言わんばかりで、ドーシャはいつになく熱く語ってしまった。それも神官としての性《さが》なのかもしれない。

ドーシャがあまりにもしつこくそれを口にするものだから、今では頭から否定するのも面倒くさくなったのか。

『とりあえず、もう、それでいい』

……的な投げやり感だった。

そこには見識の齟齬があるというよりも、目には見えない価値観の壁が立ち塞がっているように思えてならなかった。

ドーシャにとっては驚愕に値するようなことであっても、久遠には無価値。そういう線引きがある。無自覚なのか、何か意味があるのか。そこまではわからなかったが。

久遠といると、いろんな意味で触発される。それがますます久遠への傾倒に繋がっているという自覚があった。

もはや、久遠と離れるつもりも、その絆を手放すつもりもない。

誰にも譲れない唯一のものができてしまった。そういう開き直りの心境だった。

「この大森林は、ある意味私たちの常識が通じない特異な場所だから、最悪何が起こっても不思議はない。その危険性は認識していたし、もろもろの覚悟もあったはずなのに、頭ではわかっているつもりでも感情がついてこないなんてことを実体験するとは思わなかった……というのが今の正直な気持ちだよ」

異論はないのか、ロキも深々と頷く。

「大森林からの大暴走という謎もまったく解明できていないのに、別口で大問題勃発ですからね」

口にしつつ、振り返って久遠を見やる。

「あれを見る限り、俺にはクオンがただの『灰かぶり』だなんて思えません」

疑念というよりは、もはや確信だろうか。

ロキの中ではすべての事象は久遠に直結しているのかもしれない。

軍人としての直感力は侮れない。理屈ではないからだ。そのときの選択が延《ひ》いては我が身を護る盾になるからだ。

調査隊の責任者はドーシャであることを慮って、言いたいことも聞きたいことも山ほどあるだろうにロキは職務外の差し出がましい口は極力慎んでいる。それが護衛隊長としての正しい距離感なのかもしれない。

「大丈夫。クオンに関しては私が全責任を負うつもりだから。ロキ隊のみなには引き続き合流地点までの安全確認をよろしくお願いしたい」

ドーシャの口調はいつもと変わりない。

やるべきことはやった。今回の調査はすでに全うしたと自負しているし、久遠のことはあくまで私的なことである。

腹が決まってしまえば、無駄にぶれることもなかった。

9　鳥喰わずの実、美味かゲキマズか

歩いても、歩いても、緑の壁は途切れない。

（ホント、どんだけ広いんだよイェリアス大森林ってのは）

視線を巡らせても同じような景色が続くだけで、いったいどこをどう歩いているのかさえわからない。

けれども、ロキ隊の足どりは揺るぎなかった。もしかして獣人には帰巣本能が備わっているのだろうか。

（マジで衛星写真が欲しい。でなきゃ、スマホのマップ）

せめて、自分が今どこにいるのか、正確な位置がわかるだけでも大違いだろう。

指先ひとつですぐに答えが出る超便利なアプリを今すぐ頭の中にダウンロードしたいと痛切に思う。ない物ねだりをしても虚しくなるだけだけど、妄想でもしなくちゃやってられない。

（もしかして、魔法にもそういうマップ機能みたいなものがあるのかな）

ゲームだったらそういうスキルをゲットしてさくさく行けるのに……などと妄想する。なにしろ、暇でやることがなかった。

森の中は相変わらずのサイレント・フォレストだった。あるべきはずのざわざわ感が失われた森はあまりにも静かすぎて逆に不気味だった。

視線は感じないのに、見られてる感が抜けない。

（なんでだろう？）

ただの錯覚かもしれないが。つい、視線をぐるりと巡らせてみた。

ドーシャに拾われてからずっと調査拠点である野営地を動かなかったからか、視界はずっと青緑色に限定されていたのだが、こうやって歩き続けていると代わり映えのしないはずの緑の壁が少しずつ色を変えていくのがわかった。

あの日。こちらの世界に飛ばされてきたときに見た木々の色は緑というより黒に近かった。見渡す限りの鬱蒼としたジャングルもどきだった。

あのとき。さんざん歩いて木の洞で一夜を明かしたとき、周囲の木々は深緑色だった。そこで見つけたラ・フランスもどきの鮮やかなレモン色がやけに目立っていたのを覚えている。

そして今は、木々の葉っぱの色は浅緑。こうやって見ると、大森林は緑のグラデーションになっているのがよくわかった。

今はもう、ひとりぼっちで森の中を彷徨《さまよ》っていたときの不安感も憔燥感もない。ドーシャがそばにいるから。

一人ではないという安心感。たとえ護衛隊から距離を取られていようと、護衛のプロがいる、仲間がいると思えるだけで足取りも軽くなるのだった。

歩くことは苦にならない。

いや、苦にならなくなったと言うべきか。

こちらの世界に飛ばされてきた直後は歩き慣れないジャングルで身も心もヨレヨレだったが、ラ・フランスもどきを食べてからは疲労感も失《う》せて、やたら身体が軽くなった。喉が異様に渇いて汗だくになることもなくなったし、気持ちもそれなりにリフレッシュできた。やはり、食生活は人生の基本だと再認識させられた。

今では長く歩いても疲れにくくなった。

ロキ隊は身体を鍛えている軍人だから言わずもがなだが、神官であるドーシャも見かけによらず健脚だった。毎日どこかでフィールド・ワークをやっているみたいだから普通の神官よりも歩き慣れているのかもしれない。

最初は久遠に配慮してか休憩を挟みながらのゆっくりとしたペースだったが、意外にも久遠がバテもしないでしっかり歩くことができているのを確認して、それまでの遅れを取り戻すかのように速度は上がった。もちろん、ロキ隊の斥候《せっこう》役であるガルマがしっかり周囲を注視しながらではあるが。

日暮れ間近になるとキャンプ地にできそうな場所を選んで、鉈《なた》のようなもので下生えを適当に刈り取って野営の準備をする。本当にみんな驚くほど手慣れていた。

久遠も手伝おうとしたが、かえって邪魔になるから……みたいなことを言われてしまった。ちょっと地味にショックだった。

そういうアウトドア生活にも慣れてきた。そのことになんの不満もなかったが、ただひとつ、あえて言わせてもらえば食事があまりにもワンパターンであった。

野営食の基本といえば保存食である干し肉とドライフルーツ、腹持ちのいいビスケットに水。たまにちょっとだけ豪華に湯を注ぐだけの粉末スープである。具は何も入っていないが、ちゃんと味がついているだけマシなのかもしれない。

補給部隊もなかなか入ってこられないような前人未踏の人外魔境であれば、食料の節約は必須である。腰を据えて腹を満たすことよりも、いつ何時、何があっても即対応できることが求められるので、ゆっくり時間をかけて食事を楽しむ暇はない。……ということなのだろう。

この世界の獣人たちは身体能力だけではなく体質も特殊なのか、久遠が思っていた以上に燃費がいいらしい。さすがに砂漠のラクダ並みとは言えないが、水筒代わりの水袋に口をつけるのも最小限度だった。

今のところなんの役にも立っていないただ飯《めし》食らいの久遠だから、そういう野戦食にあれこれ文句を言える立場ではないが、さすがにワンパターンでは飽きるというよりもうんざりしてしまう。美食に慣れた現代人の口はより美味なる刺激を求めてしまうものなのかもしれない。

狼氏族のロキたちはカチカチに焼き固められたビスケットすらバリバリ噛み砕く強靱な顎をしているが、日本育ちの現代人である久遠にとっては干し肉を噛みちぎるのも顎が疲れるし、カチカチのビスケットは噛んだ拍子に歯が欠けてしまいそうでチャレンジする気にもならない。ドライフルーツはちまちま囓るだけで口の中の水分まで奪われてしまう。

ドーシャは久遠の小食ぶりを気にして自分の分まで回してくれようとするけれど、やんわりお断りをした。

人間、いざとなったら虫だって食う。

（んー……無理）

たとえ腹が空きすぎてギュルンギュルン鳴っても、そこはパスさせてもらう。味がどうのという前に見た目的に受け付けられないと思うので、仮定の話をするだけ無駄だった。

それでも、ついに我慢ができなくなって。見覚えのある鮮やかなレモン色をしたラ・フランスもどきを見つけると。

「ちょっと、行ってくる」

ドーシャに一声かけるやいなや飛び出した。

「クオン、待ちなさいッ」

慌てふためいたドーシャの声と。

「おい、こら、勝手な真似するな！」

怒りを滲ませたロキの制止を振り切った。

久しぶりに美味なるご馳走を見つけたのだ。だったら、取りに行かないという選択肢はないだろう。

さすがに獣人のスピードには敵わなくて、あっという間に追いつかれてしまった。だが、久遠の首根っこを引っ摑んでその頭に一発ガツンと喰らわしてやりたくても、ロキはどうしても十ラドの境界線を越えられなかった。

＊　＊　＊

（あの、クソガキが！）

内心奥歯を軋ませてロキは毒づく。

（よけいな手間をかけさせやがってぇ）

舌打ちが止まらない。

まったくもって忌々《いまいま》しい。

未開の大地の危険性を無視して身勝手な行動に走る久遠の無知さに我慢がならなくて、苛つく。そんな久遠《クソガキ》を遠巻きにすることしかできない自分の不様さに、ムカつく。

今までは、手がかからなかった。

ドーシャにため口を叩くくらいで、特にわがままに振る舞うこともなかった。護衛対象としては扱いやすい部類だった。

なのに、である。合流地点も間近になって、この暴挙。

(護衛をナメてんのか?)

犬歯を剝き出しにして悪罵する。

久遠の足は止まらない。

チビっこくて細すぎる身体は栄養が足りてないのが丸わかりだった。野営食が口に合わないのか、小食すぎていつもドーシャに心配されている。

「クソガキ、戻ってこい!」

一定の距離を取りながら怒鳴る。それしかできない自分が無性に腹立たしい。

「さっさと戻ってこい!」

声を荒らげて素で怒鳴り散らす。もはや猫も被っていられなくなった。

久遠は目の前にいるのに、あと一歩がどうしても踏み出せなかった。

その理由は単純明快だ。……怖いからだ。久遠が醸し出す無自覚な威圧に本能が負けてしまうからだ。

軍人として何度も修羅場をくぐり抜けてきたはずなのに、感情をコントロールする術も心得ているはずなのに、あの子どもの前では闘争心も萎《な》える。

戦わずして負ける。

…………ありえない。


こんなことは初めての経験だった。

…………屈辱的だった。

勝ち負け以前の問題なのだった。

十ラドの距離感。踏み込んではならない領域なのだと本能が訴えるのだ。

バカバカしくて笑える。

そんな憎まれ口しか叩けない自分が情けない。

「聞いてんのか、クソガキ！　止まれ！」

本当にどうしようもないクソガキである。

いっそ、このまま木の根に足を引っかけて顔から派手に突っ込んでしまえ。

躾《しつけ》のできてないクソガキは、痛い目を見なければわからないだろ。ここがどんな危険地帯なのかも。

ふと、それを思って。

久遠が二度死にかけたことを思い出す。

（……ッたく、学習能力もないのかよ）

ロキは盛大に舌打ちをした。

＊　＊　＊

背後でロキが怒鳴っている。

久遠を派手にクソガキ呼ばわりをしている。苛ついているのが丸わかりだった。

追っては来ても、追いつけない。

……違う。

久遠を捕まえたくても一定の領域内には踏み込んでこられないのだ。

それが、久遠とロキの境界線である。久遠にはわからない何かのバリアが張り巡らされているかのようだった。

もしも久遠が不意に立ち止まってロキに接近しようものなら、きっと、ロキは顔面を引き攣らせてすぐさま飛び退くに違いない。最初に顔を合わせた、あのときと同じように。

だから、クソガキ呼ばわりされても無視した。

せっかくラ・フランスもどきを見つけたのだ。遠目にしただけでも涎《よだれ》が出そうだった。このチャンスを逃すつもりはなかった。

美味しいものは正義である。野戦食に舌が慣れきったドーシャたちにもそれを教えてやりたかった。

ラ・フランスもどきが生《な》る木まで来ると、靴を脱いですいすいと登っていく。なんだか前回よりも木登りが上手くなったような気がした。

さすがに血のついたエプロンにくるむのは気が引けて、シャツのポケットに詰め込めるだけもいで木から降りる。

「今回もいただきます。ありがとう」

木の幹に手を当てて声をかける。久遠なりのお礼だった。

前回もそうやったから、今回もそれに倣う。

ただの錯覚かもしれないが、それに応えるようにさわさわとした葉ずれが聞こえたような気がした。

振り返ると、ロキとばっちり目が合った。

なぜか、ロキは呆気にとられたような顔つきで久遠を見ていた。まるで『おい、おまえ正気か？　それ、食う気か？』とでも言いたげに。

どうしてそんな顔をしているのかわからなかったが、もちろん久遠は、ロキ隊のみんなにもお裾分けをする気満々だった。美味しい物は独り占めにするよりもみんなで分かち合ったほうがいいに決まっているからだ。

ラ・フランスもどきでポケットをパンパンに膨らませてドーシャの元に戻ってくると、久遠はドヤ顔でそれを取りだして見せた。

＊　＊　＊

そのとき。

事の成り行きを見守っていたロキ隊の面々は。

「嘘だろ」

唖然と目を瞠《みは》り。

「……マジかよ」

半ば絶句した。

「うわ、何、あのドヤ顔」

呆気にとられて。

「いやいやいやいや……………」

「それはねーだろ」

「鳥喰わずの実を取ってくるとか、正気か？」

「無知って怖いよな」

「ほんとほんと」

「ドーシャ様も困ってるぜ」

「まさか食う気じゃないよな？」

みなが揃って顔を引き攣らせた。

＊　＊　＊

「ほら。これ。美味そうだろ？」

ラ・フランスもどきをドーシャに差し出して、久遠がにっこり笑う。

（クオンが可愛すぎる）

普段が普段だけに、笑顔の破壊力が半端なかった。

可愛い。

可愛すぎて口元が勝手にほころんでしまう。

けれども。色鮮やかなそれが、この世界ではあまりにもまずくて鳥も食べない曰く付きの

『鳥喰わずの実』であることを知っているドーシャは、なんとも言えない顔つきで久遠を見やった。

だからといって、久遠の物知らずを笑う気にもなれなかった。

「クオン。せっかくもいできてくれたのは嬉しいんだけど、これは鳥喰わずの実なんだ」

「……え？」

「鳥も喰わないくらいまずいから鳥喰わずの実」

「はぁ？　何、そのひっどいネーミングセンス」

とたん、ドーシャは片眉を跳ね上げた。

＊　＊　＊

その瞬間。ドーシャと久遠のやりとりに耳を澄まして凝視していたロキ隊の面々は、一斉にピコピコと耳を動かした。

「なぁ、クオンのやつ、今なんつった？」

「最後、ぜんぜん聞き取れなかったんだけど」

「ひでぇ、方言《なま》ってたよな」

「ていうか、ほとんど雑音じゃね？」

「そうそう、すっげー耳障りだった」

「あんなにすらすら公用語でしゃべってたのにな」

まるでわけがわからない面々だった。

＊　＊　＊

（あー、まただ。どうして上手く聞き取れないんだろうな）

ドーシャはどんよりため息をもらす。

久遠がしゃべる言葉で理解できない部分があるのが不満だった。たとえ、それが『灰かぶり』特有の方言だったとしても。

どんなに耳を澄ましても、聞き取れない言葉がある。

なんだか頭の中がモヤモヤしてしまうのだった。

「なぁ、ドーシャ。ほんとにこれ、食わねーの？　すっごく美味いのに」

久遠がかぶりつこうとすると、慌ててドーシャがその手を掴んだ。

「ダメダメダメ。食べたらダメ。あまりのまずさに舌が痺れて悶絶《もんぜつ》してしまうから」

ドーシャのあまりの剣幕に、久遠はしばし面食らう。

きっと、何か別の果実と間違えているのだと思った。

「や、大丈夫だって。ホントに美味いから」

止めるドーシャを振り切って、久遠はがぶりとかぶりついた。

＊　＊　＊

その瞬間。

久遠のあり得ない暴挙を目の当たりにして、ロキ隊の面々は思わず身を乗り出して久遠を凝視した。

「うわっ」

「うっそ」

「あのバカ」

「ホントに食いやがった」

「……死んだな」

「どこまで食い意地が張ってやがんだよ」

口々に毒づく。

だが、ゲキマズの鳥喰わずの実にかぶりついた久遠がすぐさま悶絶してしまうだろうと思っていたのに、そのまま平然と食べきってしまうのを見て、それこそあんぐりと口を開けたまま、しばし絶句してしまうのだった。

＊　＊　＊

ラ・フランスもどきを食べきって、指にしたたる果汁まで綺麗に舐め取る久遠を、ドーシャは信じられないとばかりに凝視した。

そんなドーシャの鼻先に、久遠はポケットから取りだしたラ・フランスもどきを突きつけた。

「ほら、食ってみて。マジで美味いから。ウソじゃないって」

ドーシャはまじまじと見やって、ぎくしゃくとラ・フランスもどきを手に取ると、本当に大丈夫なのだろうかとためつすがめつじっくりと眺めた。

(まだ疑ってんのかよ。ドーシャもけっこうビビりだよな)

どうしてこんなに美味な果実が鳥も喰わないゲキマズな果物と思われているのか。どうにも納得がいかない久遠だった。

(それってさぁ、ただの食わず嫌いっていうか、でなきゃ誰かが故意に捏造《ねつぞう》した悪評とかじゃないのかよ)

久遠にとっては、この世界で自分の命を繋げてくれた恩果実だからか、どうしてもその悪評を払拭《ふっしょく》したかった。

それ以上に、いつもは泰然として大人の余裕で久遠を子ども扱いするドーシャの腰が完全に引けているのがおかしくて。

(まるでガキじゃん)

つい、笑えてしまった。

「だから、がぶっといけよ」

久遠に笑われて。ドーシャはどこか体裁悪げな顔つきで意を決し、やんわりと囓った。

とたん。予想外に爽やかな果汁が口いっぱいにあふれて、思わず目を見開いた。

「な？　美味いだろ？」

してやったりのドヤ顔に、ドーシャもつい相好を崩した。

「うまいな」

本音で言えた。

「だから、美味いって言ってるのに」

そして、今度はがぶりと、甘い果汁としっとりした果肉を残らず味わい尽くすドーシャだった。

＊　＊　＊

ドーシャが鳥喰わずの実を食べきってしまうと、ロキ隊の面々の口からはなんとも言えないため息が落ちた。

「おいおいおい…………」

「…………いやいやいや」

「ないないない…………」

「ウソだろ」

「マジか？」

「ありえねー」

「ドーシャ様まで食い切ったぜ」

「二人して味覚障害にでもなったのか？」

「どういうこと？」

「もしかして、もしかするのか？」

なんだか全員揃って白昼夢でも見ているような気分になる面々だった。

＊　＊　＊

月明かりの夜。

本日の野営地で早々《はやばや》と久遠が寝入ってしまうと、いつもなら自分たちが定めたテリトリーである十ラドの境界線を絶対に越えてこないロキが、ぎりぎりの立ち位置で物言いたげにドーシャを見ていた。

今夜の寝ずの番はロキであるようだ。

ドーシャは、揺らめく焚き火が久遠の銀髪をオレンジ色に染めるのを飽きることなく眺めていたが、ロキに気づいてゆっくりと腰を上げた。

「……どうも。いい月夜ですね」

異性を口説く常套句みたいな物言いに、ドーシャは鷹揚な笑みで応えた。

「わざわざお呼び立てして、すみません」

「何か聞きたいことでも？」

「昼間の衝撃がなかなか収まらなくて」

そうだろうなと思う。

ロキ隊の面々の興味津々を通り越した視線が、どうにもあからさまだった。

(まぁ、気持ちはわかるけど)

ある意味、ドーシャにとっても目からウロコが落ちまくりだった。

「あれって、マジですか？」

「クオン流に言うと、あれは『らぁふらんもでっきー』と呼ぶらしい」

例によって例のごとく、非常に聞き取りづらい単語だったが、たぶん、そんなふうな発音だったように思う。何度も口の中で転がして音感を確かめた。……が、それが正解なのかどうかもわからない。

「……なるほど？」

ロキの片頬がわずかに引き攣っている。鳥喰わずの実に正式名称があっただなんて、どうにも信じがたいのだろう。茶化す気にもならないようだ。

「果肉は蕩けるようで果汁もたっぷり。すっきりと爽やかな味がした」

束の間、ロキは押し黙る。

「もしかして、鳥喰わずの実が熟成するとそういう味になるってことですか？」

完熟。

（なるほどなぁ）

それは新しい発想だった。

ドーシャ的には鳥喰わずの実を食したという驚愕がすぎて、そこまで頭が回らなかった。

「それは検証してみないことにはなんとも言えない。ここが魔力喰らいの森という特殊な領域だから鳥喰わずの実が変異したのか。それとも、私たちが鳥喰わずの実と呼んでいる物とは似て非なる物なのか」

「クオンにも判別は難しい。そういうことですか？」

「クオンにとっては、あれは最初から『らぁふらんもでっきー』らしいけどね」

「記憶があやふやになってるわりにはずいぶんと確定的なようですが？」

「味覚も、嗅覚も、記憶を呼び戻すきっかけになればいいんだけど」

「……なるほど」

「イェリアス大森林は本当に謎に満ちているよね。できることなら、今回の調査が終わっても継続してやりたいくらいだよ」

今は野生種がいなくなったばかりで曲がりなりにもこうやって比較的自由に歩き回れているが、この状態がいつまで続くのか、それは誰にもわからない。そういう意味ではやはり危険度レベルは相変わらず最上位のままだ。

知識欲は満たしたいが、趣味のフィールド・ワークにするにはリスクが高い。ドーシャはあくまで神殿付きの神官にすぎないので、この先どうなるのかは不明だ。

「どっちに転んでも、検証する価値はあるってことですかね」

「無駄にはならないと思う」

学術的にも、嗜好品的にも。それで、あわよくば的な欲をかかない限りは。どだい、イェリアス大森林は人の手には余る魔境なのだから。人の都合でどうにかなるものでもないだろう。

「今回の調査はドーシャ様にとって実りのあるものになったってことですか？」

「不変の常識などないということがわかっただけでも意味があったということかな」

神官としての本分を超えた摩訶不思議な出会いがあったことが一番の収穫なのかもしれない。誰にも、何にも譲れない存在を得ることができた。それはドーシャにとって運命とも言うべき出会いだった。

＊　　＊　　＊

余談ではあるが。

後日。

ロキ隊の一人が鳥喰わずの実を食して、あまりのゲキマズさにゲロまみれになってのたうち回る羽目になった。

好奇心に負けたのか。それとも、あえて実験台を志願したのか。それはドーシャの知るところではないが。

彼は『話が違う!』とわめいていたが、あくまで自己責任の範疇だったので、久遠が咎められることはなかった。

その久遠は手ずからもいだラ・フランスもどきにかぶりつきながら『なんでだろう。何が違うんだ?』としきりに頭をひねっていた。

再度、ドーシャも相伴に与《あずか》った。あの美味なる味を舌が覚えてしまうと、つい手が出てしまった。

味気ない野営食における食後のデザートはまさしく禁断の味がした。

ある意味、図らずも検証実験の結果は出たようなものだとドーシャは思った。

おそらく、魔力喰らいの森では、どんなにゲキマズな果実であっても、久遠が手ずからもいだ物は完熟して美味になるのだろう。どういう仕組みになっているのか、ドーシャにもさっぱりわからないが。

とにもかくにも。みなが恐れるねじれの魔境が、久遠にはずいぶんと好意的(という言葉が適切なのかどうかはわからないが)なのは間違いないだろう。

その意味を深読みしてしまうと、どんどん思考の沼に嵌まってしまいそうで、どんよりとため息しか出ないドーシャであった。

美味しい物は正義。みんなを笑顔にする。その言葉はまさに言い得て妙だった。

そしてまたひとつ、謎が増えた。

妖精の加護がイェリアス大森林限定なのか、それとも別の場所でも発動するのか。

ドーシャの興味と関心と少しばかりの不安は尽きなかった。

10　彷徨う者たち

アルバーナ皇国第三皇子であるジルベルト・ヴァン・アルバーナ一行は、イェリアス大森林を彷徨っていた。疲労感と憔燥感に苛《さいな》まれながら、ただひたすら出口を求めて。

なぜ、こんなことになったのか。

……………納得できない。

いったい、何が悪かったのか。

……………わからない。

この先、どうすればいいのか。

……………思いつかない。

自問自答をくり返しながら、覚めない悪夢の中で堂々巡りでもしているかの錯覚に身も心も疲弊していった。

こんなはずではなかった。

…………あり得ない。

どこで間違えてしまったのか。

…………惑乱する。

視界を埋め尽くす緑の壁はいつ果てるともしれなかった。

＊　＊　＊

ジルベルトが調査団を率いて大森林に遠征してきたのは、皇国の皇位継承順位が第三位であるからだ。

第一位の皇太子は、隣国ミューレンから嫁いできた正妃が産んだ嫡子である。

たとえその人となりの評価が『凡庸』だったとしても、正統な血筋と強力な後ろ盾を持つ皇太子の地位は揺るがない。皇帝位を継承することが決まっている皇太子には身分以外のよけいな箔《はく》は不要だった。

第二位の皇子は皇国内で権勢を振るう公爵家の令嬢……第一側妃を母に持つ。もし万が一、皇太子に不測の事態が起こったときのスペアである。そのために幼児期から皇太子と遜色ない皇子教育を受けて育った。皇位継承権は直系男子のみに受け継がれる。現皇太子妃が男児を産めば継承順位は下がる。その際は臣籍降下して新たな侯爵位を賜ることになっている以上、それなりの野心はあってもあえてハイリスク・ハイリターンを狙う必要性はない。

けれども、順位三位以下の皇子ともなればその扱いも微妙に変わってくる。

継承権のない皇女であれば政略結婚のコマとして使えるが、皇子が他国の王配になれる確率は極めて低い。

臣籍降下をすれば当然その身分は皇族ではなくなる。皇子と臣下では肩書きの重さも見栄えも違ってくる。当然、周囲の期待度も違う。

皇室が保有する爵位にも限りがある。皇帝といえどもそうそう乱発はできない。議会の承認がいるからだ。

皇国内の貴族家でも爵位の跡目を継げない者たちは自力で活路を開くしかない。軍人になるか、文官を目指すか、入り婿《むこ》するか。それともハンターになって魔物を狩るか。あるいは、いっそ貴族籍を抜けて商人にでもなるか。選択次第でその後の人生が変わる。

いつまでも自立できずに実家暮らしでは世間体が悪いし、下手をすれば不良物件扱いになりかねない。そうすれば婚活にも影響が出る。

貴族は総じてプライドが高い。家格にもこだわる。結婚は個人ではなく家と家との結びつきを重視するからだ。

皇国の皇子といえども例外ではない。むしろ、なまじ身分が高いので迂闊に下手なことはできない。

ジルベルトの母は第三側妃ではあるが、身分は格下の子爵家の出だった。だが、社交界デビューの夜会で現皇帝に見初められるほどの美貌だった。

正妃も第一・第二側妃も政治絡みで娶《めと》らされた皇帝が、初めて自分の意思で選んだ寵妃《ちょうひ》である。一男二女をもうけても容色は衰えず、寵愛も薄れない。だが、それだけだった。家格が低い第三側妃では擦り寄っても大した旨みはないと思われているので派閥も作れなかった。せいぜい、茶会を催して社交に励むことくらいであった。

それゆえに、ジルベルトの立場は微妙だった。

寵妃の息子だからといって、それによってジルベルトがほかの皇子よりも優遇されたことはない。そこには順列という明確な線引きがあった。

皇帝が子をもうけるのは義務である。だが、子が増えれば関心も薄れる。

愛されているのは寵妃である母であって息子《ジルベルト》ではない。皇帝はジルベルトの父親ではあるが家族というよりもあくまで皇帝陛下であった。公的にも私的にも、ジルベルトからの呼びかけは『父上』ではなく『陛下』であった。

二人の兄よりも聡明だったジルベルトは自分の置かれている立場を自ずと理解して何事も出過ぎないように気を遣った。後ろ盾の弱い第三皇子とはそういうものだった。

皇国法では正妃が産んだ嫡子が次期皇帝になることが明記されている。皇位の簒奪《さんだつ》を企む者は一族郎党連座の重罪に処せられる。

過去に皇位を巡って内乱が起こり、それに乗じた他国からの侵略を招いた苦い教訓から継承権を含めた皇国法が改正されたのである。

皇太子とそのスペアである第二皇子の未来図はほぼ確定しているが、母の出自が低く有力な後ろ盾を持たないジルベルトは、自分の地位を確立するために目に見える功績を挙げなければならなかった。誰の目にも明らかな実績を。

世の中がもっと血生臭い戦国時代ならば軍功を立てて英雄になれるかもしれないが、今の時代、ただ待っているだけではチャンスは巡ってこない。

そのために、今回の遠征が本決まりになったときに自ら名乗りを上げた。いやいや強制指名をされるのと、率先して自分から手を挙げるのとでは好感度が違う。

それが、誰もが二の足を踏むイェリアス大森林の調査団であれば周囲の注目度も期待度も桁《けた》違いである。皇族としてのノーブレス・オブリージュの気概を示すにはもってこいの舞台であった。

母や妹たちは大反対だった。

大森林の恐ろしさは各国にも轟《とどろ》いている。しかも、野生種の大暴走の爪痕もいまだに生々しい。皇位継承第三位の皇子がそんな空恐ろしい場所にわざわざ出向く必要はないと。そんな危険を冒してまで功名を立てることはないと涙ながらに説得された。

けれども、ジルベルトの意志は固かった。

真剣に心配してくれる母や妹たちのためにも功績を挙げてきちんと足場を固めたかった。

大それた野望はないが、ささやかな野心はある。無欲は美徳などではない。これを機に皇族としての威儀を示す先駆けになりたかった。

皇国法では側妃は三人までと決まっている。万が一皇帝の寵愛が薄れても母の地位が脅かされることにはならないが、皇女は生母の出自に準ずるので二人の妹の皇族としての地位は低いままだった。この先、婚儀に影響が出ないとは言えない。

外戚は当てにならない。

だから、今の自分にできることをやるしかない。自分自身の将来を見定めるためにも。そう思った。

＊　＊　＊

イェリアス大森林はふたつの異名を持っている。

『魔力喰らい』と『ねじれの魔境』である。

どちらもおどろおどろしいほどのイメージを連想させる。あたかも、それが狙いであるかのように。

凶暴な野生種が生息する森林は、たとえそれが邪法と呼ばれる呪術《じゅじゅつ》だろうが神聖なる聖魔法だろうが、すべての魔力を無効化する魔境である。それがただの根拠のない噂話などではないことは歴史が証明している。

魔境を支配できた者が大陸の覇者となる。

それは各国共通の悲願であり尽きせぬ野望でもあったが、この三百年あまり、魔境を制圧できた国はひとつもなかった。

制圧どころか、貴重な人材を無駄死にさせ、大金をつぎ込んで国を疲弊させただけ。その結果を重く受け止めて、どの国も大森林攻略を放棄した。

それによって大森林の異名は加速し、恐怖心は大陸中に伝播《でんぱ》した。ただの伝承ではなく現実みのある忌避感を伴って。

大森林との境界を有する各国の領地は辺境と呼ばれ、その地を拝命した辺境伯は有事の際を想定して私兵を持つことが許されていた。その名誉も意義も気概も、三百年経てばすっかり形骸化してしまったとも言えるが。かつては勇猛果敢が売りだった辺境も、今では中央の恩恵の届かない辺鄙《へんぴ》な田舎領地として見下されていた。

辺境を訪れる者は少ない。やってくるのは一攫千金を狙った命知らずのハンターくらいなものだ。無事に戻ってこられる者は極めて少ない。すべては自己責任である。

その大森林から野生種が大暴走した。辺境を恐怖のドツボに叩き込んで周辺の村や町を壊滅させた。その惨劇の爪痕はいまだ生々しく残っている。領地にも、人の記憶にも。

三百年前の伝説がいきなり実体化して、阿鼻叫喚《あびきょうかん》の果てに新たな恐怖として上書きされた。

このたびの遠征は大暴走の謎を解明するための調査であったが、野生種のいなくなった森林は不気味にひっそりと静まり返っているだけで、ムッとするほど濃い土の匂いのする緑の迷宮に成り果てていた。

ジルベルト一行はそれなりの覚悟と期待を胸に乗り込んできたが、未開の大地は思い描いていたものとは大きく違っていた。

ねじくれた木々が密集したその偉容にまず驚かされる。太陽の光さえ遮るそこでは昼間なのに薄暗い。鬱蒼とした緑の壁がどこまでも続いていた。

森といえば皇国直轄領の避暑地や狩り場などを思い出すが、人の手が入って見栄えよくきちんと管理された森の風景とはまったく別ものだった。

腰まで伸びた下生えを剣で薙《な》ぎ払い、視界を遮るねじくれた枝を斬りつけ、道なき道を進む。

空間拡張が付与された魔法袋があれば水や食料を背負って歩く必要もないが、すべての魔力を無効化する場所ではそれもままならない。

目に映る何もかもが予想外だった。

森林での野営経験などほとんどない第三皇子《ジルベルト》にとって、いくつかの拠点を作り、補給をくり返しながらの探索は思った以上に過酷だった。

結局、異変の痕跡を見つけるどころかなんの成果も上げられない現実を突きつけられて、疲労困憊《こんぱい》しただけの無駄足にしかならなかった。

そんなジルベルト一行の目的は、とある瞬間から大きく逸脱した。この異変に乗じて大森林に入り込んでいるらしい棄民――『灰かぶり』集団を殲滅《せんめつ》することに変更された。

このままなんの成果も挙げられずの無為無策では帰るに帰れない。異変の謎解きに変わる確かな手土産《てみやげ》が必要だった。

皇国においては、身分証もなく好き勝手に土地に住み着く『灰かぶり』は駆除対象だった。かつて彼らが持ち込んだとされる伝染病が原因で、辺境の村が壊滅するという惨事が起こったからだ。

事の真相がどうだったのかはわからない。

けれども。『灰かぶり』が現地にいたのは確かだった。

それ以前にも、たびたび彼らが出没して家畜がいなくなるという実害もあって、殲滅対象になった。

とにもかくにも、国土の安全を確保して住民の不安を取り除かなければならなかった。そのためにはその元凶とおぼしきものを壊滅させる必要があった。

なにより、国民の怒りと悲しみの矛先を収めるためには生《い》け贄《にえ》が必要だった。『灰かぶり』はまさに格好の贄だった。

ただの噂が拡散してそれがいつの間にか唯一の真実になる。年月を経れば人々の記憶にも定着する。怒りと憎しみの象徴として。

皇国では『灰かぶり』は災厄をもたらす害虫も同然だった。見つけたら速やかに殲滅する。それが皇国独自のルールだった。

もとより、棄民の命は道ばたの石ころ並みに軽い。人道主義を掲げる神殿はともかく、大森林の正統な所有者であると主張する『灰かぶり』は各国の厄介者でしかなく、皇国の主張はほぼ黙認状態であった。

そんな大森林の中で薄汚れた『灰かぶり』の少年に遭遇した。

灰髪灰眼という特徴的な容姿をした少年は、不遜な態度を隠そうともしなかった。

存在自体が苛つく少年だった。ゆえに、側近である副官のマーカス・ホルムフェルドが即座に切り捨てた。そのことが目的変更のきっかけになった。

『灰かぶり』の少年がいるからにはそれなりの集団がいるに違いない。大森林の異変の痕跡は発見できなかったが『灰かぶり』の巣窟《そうくつ》を見つけ出して殲滅したという大義名分は立つ。

大森林に来てから鬱々とした日々を送っていたジルベルトは奮い立った。

これで少しは報われる。そう思った。そして、決意も新たに歩き出した。

とにかく、前へ。

少しでも、早く。

獲物を仕留めたい。

溜まりに溜まった鬱憤を存分に晴らしたい。それしか頭になかった。

なのに、いくら前進しても『灰かぶり』の集団を発見することはできなかった。

（なぜだ？）

方向を見誤ったのか。

足を止め周囲を注視して、ふと気づいた。自分たちを取り巻く違和感に。

何かが、どこかが、なんとなく違ってしまったような空気感を感じた。

半ば無意識に、ごくりと喉が鳴った。

改めて視線を巡らせて――知った。苦労して切り開いてきたはずの道すら見失ってしまったことを。

前進してきたのだから自分たちの後ろには即席の道ができているはずなのに、それすらも消えてなくなっていた。

いったい、いつの間に…………。

何がどうなっているのか…………。

わけがわからなかった。

そんなことがあり得るのか。

強力な目くらましの術式でもかけられていたのか。

……………魔力喰らいの森で？

…………………術式の詠唱どころか生活魔法の初歩である『着火』すらできないのに？

わからない。

納得できない。

理解できない。

だったら、この摩訶不思議な現象はなんだというのか。

植物の中には幻覚を引き起こす毒種があるという話を聞いたことがある。そんな特殊な臭いはしなかったはずだが、もしかして緑土の匂いの濃さに紛れて知らないうちについうっかりとその領域に足を踏み入れてしまったのだろうか。

そんな妄想めいた思考の呪縛に嵌まりかけたとき、誰かが言った。

「俺たち、もしかして殺してしまった灰かぶりの子どもに呪われたんじゃないか？」

ぼそりとしたつぶやきは一滴の毒となって疲れ切った者たちに伝播した。

いったい、どうして、そんな莫迦《ばか》げた妄言を吐くに至ったのか。

「莫迦をいうな！」

即座に否定する者。

「じゃあ、なんだっていうんだ？」

「おかしいだろ。苦労して切り開いてきた道までなくなってしまうなんて」

疑念を口にする者。

「それはきっと、何か別の理由が…………」

口ごもる者。

「みんなしてあり得ない幻覚を見てるっていうのか？」

語気を強める者。

…………さまざまだった。

それまでの寡黙ぶりが嘘のように、誰もが好き勝手にしゃべり出す。押し込めてきた不平不満をぶちまけるように。

「ここは『ねじれの魔境』だぞ。あり得ないことが起こっても不思議じゃないだろ」

「じゃあ、どうする？　これから、どうなる？」

「灰かぶりが呪術なんか使えるはずないだろ」

「そうだ。棄民はただの能なしだからな」

「呪具を持ってたかもしれないだろ」

「そんなの持ってたって発動するわけないだろ」

イエリアス大森林における唯一無二の定義。

――魔力喰らいの森では、いかなる魔法も発動しない。

それだけは絶対に覆ることのない至論だった。

＊　＊　＊

（まったく、くだらない）

ジルベルト付き副官マーカス・ホルムフェルドは、感情的に言い争う者たちを横目で流し見てひっそりと毒づいた。

連日の行軍で疲れ切っているのはわかるが、よりにもよって死んだ少年の呪いだのなんだのと真顔で妄言を吐くのは許せない。

もし本当に『灰かぶり』の呪いなんてものがあるのなら、とうに皇国は呪い爛《ただ》れて腐り落ちていただろう。

なぜなら皇国は『灰かぶり』殺しを公言し、殲滅の名の下に駆除を実践してきたからだ。

『灰かぶり』は国土を食い荒らす害虫である。よって、排除するのではなく駆除する。そうやって一掃された『灰かぶり』はかなりの数に上る。

けれども、いまだに皇国は健在である。

他国から公式に非難されたこともない。

神殿でさえ黙認している。

それはすなわち、皇国のルールが正当化されているからだ。

たとえ『灰かぶり』が怨嗟の声を上げたところで所詮は最下層の棄民にすぎない。そんな連中に何ができるのか。

皇国は大国である。害虫を踏み潰したところでなんの痛痒《つうよう》も感じない。

正義は果たされなければならない。いつ何時でも、速やかに。それでこそ皇国の威厳は保たれるのだ。

薄汚れた少年を問答無用で切り捨てたのはマーカスである。

呪い云々……を言うのであれば、真っ先に呪われるのはマーカスだろう。あいにくと、その兆候はまったくないが。

呪いの存在自体は否定しない。そういう呪具は確かに存在するし、闇魔法に特化した魔道士もいる。ましてや、権力闘争にその手の噂は付きものでもある。

だが、その呪いすらも魔力喰らいの森ではただの妄言でしかない。

(本当にくだらない)

マーカスたちはただの兵士ではない。皇位継承第三位の皇子付きの誇り高い騎士団である。

なのに、きつい行軍が続いただけで妄言交じりの弱音を吐くとは本当に情けない。騎士にあるまじき醜態であった。

「いいかげん、くだらない妄言は慎め！」

マーカスは一喝した。

今はくだらない論争をしているときではない。疲れ切っているときこそ規律を正すべきだ。この胸くそ悪い緑の迷宮から脱出するための知恵を絞るべきだろう。

＊　＊　＊

「いいかげん、くだらない妄言は慎め！」

マーカスに一喝されて、みなが黙り込む。言い争うにも無駄に体力を消耗することに気づいてしまったかのように。

「ジルベルト様、ご指示を」

内心、ジルベルトは安堵した。どんなときでも冷静沈着なマーカスが自分の副官でいてくれてよかったとしみじみ思った。

この調査団の隊長はジルベルトである。その自分が揺らいでしまっては話にならない。下腹にしっかりと力を込めて、ジルベルトは配下の者たちを見やった。

「ここは『ねじれの魔境』と呼ばれる特異な場所だ。いつ何時、何が起こるかわからない危険地帯であることに変わりはない。みな、その覚悟を持って遠征してきたはずだ。我らは誇り高い騎士団である。今一度それを肝に銘じてほしい。魔境という名に惑わされるな。呑まれるな。気を緩めることなく、規律を乱すことなく、みなでこの大森林を走破する！」

無駄に虚勢を張ることなく、鼓舞する。

空々しい綺麗事は言わない。……言えない。

自分たちにいったい何が起こっているのか。とりあえず、それは横に置いておく。考えても答えの出ないことをあれこれ思案しても時間の無駄だからだ。

目に見えるものだけが事実とは限らないが、食料も乏しくなっている現実は厳しい。なにせ、補給拠点に戻る道すら消え失せてしまったのだから。

『灰かぶり』殲滅という目的はすでに瓦解してしまった。功を焦っての勇み足。口には出さないだけで、配下の者たちもそう思っているだろう。

今、自分たちの置かれている状況を鑑《かんが》みれば、やるべきことはひとつしかない。

イエリアス大森林調査団の隊長として、いや皇国の第三皇子として、この緑の迷宮から脱出することが最優先の責務だった。

よけいな雑念を捨て去り、騎士団が一丸となって血路を開く。

身体は疲れ切っても歩みは止めない。……止められない。

自慢の黒鎧が傷つき、顔も薄汚れて全身が汗だくになる。長革靴《ブーツ》が泥まみれになって、すっかり息が上がりきった頃、永遠に続くかと思われた緑の壁がようやく開けた。

全員、疲労困憊だった。

魔境を抜け出せた安堵感で歓喜の声を上げる気力もなく、誰もがその場に両膝をついて倒れ込んだ。

——そのとき。

「灰かぶりだッ」

「灰かぶりが出たぞ！」

「灰かぶりが武装しているぞ！」

そんな怒号が飛び交い、一行は屈強な兵士に取り囲まれた。

茶色の革鎧は見覚えのない軽装備。ジルベルトが知る限り皇国のものではなかった。

問答無用で切っ先の鋭い槍を突きつけられた一行は愕然とした。何が何だかわからなくて、惑乱する。なにより、見慣れない装備の兵士たちがなぜ自分たちを『灰かぶり』呼ばわりするのか、まったく理解できなかった。

疲労困憊で息も整わないジルベルト一行は気づかなかった。

『ねじれの魔境』を脱出できた安堵感で座り込んでしまった彼らは知らなかった。

大森林の辺部を抜け出た瞬間、自分たちの頭髪が、薄汚れた灰色に変質してしまっていることに。

見知らぬ兵士を呆然と見やる双眸が、灰色に変色してしまっていることに。

自分たちが、なによりも忌み嫌う『灰かぶり』同然になってしまったことを知らない。

図らずも誰かが口にしていた『呪い』という妄言《フラグ》が現実化してしまったことに、誰一人として気づいてもいなかった。

11　新たな始まりの一歩

　このまま順調にいけば、明後日には大森林の辺部のベイン隊との合流地点に到達できるのではないか。

　行軍の中休み中にも警戒を怠らないよう周囲を注視しながら、ロキはひとつ深々とため息をついた。ようやく、今回の任務の終わりが見えたような気がして。

（ほんと、やれやれだぜ）

　思った以上に長かった。

　体力勝負というより、いつも以上に緊張感を強いられて、その上、予測不能な出来事にごっそり気力を奪われた。ただの錯覚ではなくだ。

（特別手当でも奮発してもらわなきゃ、やってられないよな）

　本音がだだ漏れた。

　しかも、まだ最後の詰めが残っている。そこを無事に乗り切らなければすべてが無駄になってしまうのではないかと思うと、ますます気が抜けなかった。

(こんな経験、やろうと思ってもやれるもんじゃねーよな)

本当に。

お呼びがかかっても二度とご免だが。

あれやこれやそれや……目の前で見せつけられた今でも首を捻らずにはいられない。肝心なことは何ひとつ解明されていないからだ。それもあって、ロキ的にはどうにもスッキリしなかった。

今回の任務が辺境部での哨戒《しょうかい》でも魔物討伐でもなく、神殿付き神官の護衛だからいつもより楽勝……などと侮っていたわけではない。任務地が、獰猛な野生種が大暴走したあとの大森林での調査だと知ったからである。

その話がロキ隊に回ってきたのは、同郷のオーグリが当該神官付きの護衛官だったからだ。まったく面識のない人物からの依頼よりも、気心の知れた相手のほうが何かとやりやすい。

下級貴族相手の護衛経験はあるが、人氏族の神官の護衛は初めてだった。

貴族も厄介だが、中央神殿の神官も似たようなものだと思っていた。神殿というのは軍人であるロキとは関わりのない別世界の権威の象徴という思い込みがあった。

そんな神官が調査のために単身で大森林に送り込まれるなんて、なにやら曰く付きとしか思えなかった。

上層部に睨まれての左遷もどきか、それとも金絡みか、あるいは表沙汰にできない不祥事の責任を押しつけられたのか。どうせろくでもない貧乏くじを引かされたクチだろう。

貴族社会は絶対的に家格がものをいうが、軍隊も神殿も所詮は身分格差という縛りから逃れられない。人氏族の神官なんて、要するに使い捨てのコマ扱いに違いない。

勝手にそう思い込んでいた。顔も名前も知らないその神官に同情的ですらあった。挨拶回りの顔合わせで、ドーシャが中央神殿の神官としてはかなり異色な存在だと知るまでは。

ドーシャは誰も行きたがらない大森林に自ら志願して調査隊に加わるような変人だった。しかも、見た目が軍人と遜色ない美丈夫だった。

特徴的なのは赤竜人の直系子孫と見まがうほどの燃えるような赤髪と鮮やかな赤眼。なのに角《つの》なし尻尾なしの人氏族という変わり種だった。

もしかしたら稀《まれ》な先祖返りなのかと思ったが、竜人特有の固有魔法《攻撃》はまったく使えないと聞いて、なんだか生きづらそうな人生だなと思った。

あの容姿で人氏族というのは、まさに見た目詐欺というほかない。オーグリの話では、実際に理不尽な嫌がらせも多かったようだ。

有り体に言えば。獣人国家では族性を持たない……持てない者が一括《くく》りに人氏族と呼ばれて見下されるからだ。それに嫌気がさして国外に出る者もいるが、一歩外に出れば今度は純人《じゅんじん》から『亜人のまざり者』と蔑まれることも少なくない。

能力的には純人より優れていても、出身が獣人国だとバレると、とたんに獣まじりと掌を返される。なかなかにハードモードである。

人生における不平等はどこにでもある。それを理不尽だと嘆いても始まらない。世の中はなるようにしかならない。それをあきらめととるか、諦観として受け止めるかは人それぞれである。

基本、奴隷制度がないだけ獣人国はマシなほうではないかとロキは思っている。あくまで一般論であるが。

他国では合法・非合法を問わず奴隷が取り引きされている。そんなものは公然の秘密でも何でもない。誰でも知っている現実だ。

かつては獣人の子どもが誘拐されることが多かった。その場合、一族の精鋭が力尽くで取り返しに行って奴隷商人を嬲《なぶ》り殺しにする。獣人国ではそういう報復の権利が認められているからだ。それが公に知られるようになってからは、子どもの誘拐事件もずいぶん減った。

どこの国でも子どもの誘拐は重罪なので、奴隷商人が嬲り殺しにされても見て見ぬ振りをするのが普通だった。

それは、さておき。

ドーシャの穏やかで仕事熱心な人となりを知って、ロキの見方も変わった。

大森林に入ってからは、ドーシャは神官というより植物学者なのではないかと思うほど、毎日精力的に現地調査に勤しんでいた。生活魔法すら使えない野営生活が続いても文句ひとつ言わず、音も上げなかった。案外、神殿で祈りを捧げるよりも、こちらのほうが向いているのではないかと思った。

そんなドーシャがどこからか『灰かぶり』の子どもを拾ってきてから、ロキたちの日常は激変した。

『クオン』と名乗る子どもは本当に『灰かぶり』なのだろうか。久遠を巡る一連の事件からこっち、ロキの疑念はますます深まるばかりだった。

確かに。灰髪灰眼という特徴は噂に聞く『灰かぶり』そのものだが、醸し出すモノがあまりにも異常すぎた。

あの濃密な威圧に対して鈍感なのはドーシャだけなのかと思ったら、どうやら人氏族共通であるらしい。豹人部隊の人氏族護衛官二人がいきなり久遠を強襲して図らずもそれを証明してしまった。

その護衛官は謎の植物に逆襲されて重傷を負う羽目になった。ポーション頼みの魔力喰らいの森で怪我をするリスクというものをまざまざと見せつけられることになった。

ロキは偶然その現場を見てしまったのだが、まったくもって、何がなんだかわけがわからなかった。

かろうじて理解できたのは、あの謎植物が確固たる意思を持って久遠の窮地を救ったということである。

あり得ない、とか。

信じられない、とか。

そういう台詞も疑問ももう腹一杯である。それがどんなに突拍子のないことでも、自分の目で見てしまったモノは事実として受け入れるほかない。ロキが、その事件の唯一の目撃者になってしまったからだ。

当事者になって初めてわかることがある。言うのは簡単だが、なかなかに複雑な心境だった。

久遠を畏怖するか、しないか。あれを感知できるか、できないか。その選別が獣人にとってはある種の試金石になっているのかもしれない。

しかも、強襲事件の直後、荊でできた謎の半球体に閉じ込められた久遠がドーシャとともにそこから出てきたときにはなぜか、灰髪が銀髪になり灰色の眼は藍色に変わっていた。

摩訶不思議……どころではない。

タチの悪い冗談……と言われたほうがまだしも納得できた。

外見的にはまるっきりの別人だった。中身は相変わらずのクソガキだが、そのギャップに眩暈《めまい》がしそうになったのは本当のことだ。

むしろ、そんな久遠に『変な薬でも盛ったのではないか』と責め立てられても平然としているドーシャにすら強烈な違和感を覚えた。久遠とともにドーシャまで変質してしまったような気がして。

いったい何が、どうなっているのか。ロキの理解の範疇を超えてしまった。

日常からの逸脱。

二度あることは三度ある。

その言葉が実感を伴って背中を這い上がってくるような経験は、そうそうできるものではない。いったい自分は何に巻き込まれてしまったのだろうかと、真剣に思い悩むロキだった。

極めつけはノワである。

あの掌サイズの羽トカゲこそが『あり得ない』の極致だった。

裏を返せば、あれを見てしまったらもう何が起こっても不思議ではないように思えた。

この大森林のもうひとつの異名である『ねじれの魔境』と呼ばれる真の意味を、強制的に実感させられたような気がした。

＊　＊　＊

大森林の辺部に近づくにつれて、木々の葉も色鮮やかな緑になっていく。

イェリアス大森林が『深部（黒緑）』『中部（深緑）』『辺部（明緑）』に色分けされているという説は聞いていたが、実際は緑のグラデーションになっているのを自分自身の目で確認できたことは大変興味深かった。

ここまで来ると任務終了が近いと実感できるのか、ロキ隊の面々の顔つきも違ってきた。

「ドーシャ様。本当にこのままクオンを合流地点まで連れて行く気ですか？」

真顔でロキが問う。

「やっぱりまずいかな？」

見るからに毒々しい赤黒い色の果実を一口齧って、ドーシャが言った。

「無理でしょ」

ばっさり、ロキが切り捨てた。その顔つきは、今更、当たり前のことを聞くな——とでも言いたげだった。

投げやりとは違うがなんだかロキの物言いに遠慮も容赦もなくなったというか、心の声の幻聴まで聞こえたような気がした。

「ベイン隊の連中、絶対に拒絶反応を起こしますよ」

その点に関して、ロキ隊の面々の意見は一致している。

——あれは間違いなく爆弾です。特大の。

——絶対にヤバいだろ。

——クオンとノワって最凶最悪の組み合わせですよね。

——見た目を裏切る猛毒性だからな。

——下手すりゃ死人が出るんじゃねーか？

——ベイン隊長は上級貴族だから魔力高めだろ。俺らの限界は十ラドってとこだけど、ベイン隊長はどうかな？

——ちょっと興味はあるな。

——面白そう。


そんな軽口が叩けるほどにはロキ隊の面々もそれなりに馴染んできたということだろう。久遠とノワが醸し出す非日常のあれこれに。それも、もうじき終わるという大前提があるからかもしれない。

「どうやったって厄介事にしかならないでしょう」

それが正論であることは重々承知しているが、ドーシャには譲れないモノがあった。この先もずっと久遠とともにあるという誓いが最優先であった。

久遠を置いていくという選択肢は考えてもいない。ドーシャの中ではすでにそれが決定事項であった。

けれども、問題は久遠を大森林から連れ出すことで懸念されるふたつのことだ。

ひとつ。

――久遠の特殊体質が獣人を嫌忌するのではなく、獣人が久遠を忌避する件。しかも本能的に。

それはロキ隊の面々を見ていればよくわかる。だが、獣人の氏族的特性を持つ者はどんなに久遠を忌み嫌っても、その特性ゆえに物理的に久遠を害することはできないだろう。久遠に近づくこともできないのだから。

だったら、魔法であれば久遠を攻撃できるのか。

おそらく、それも無理ではないだろうか。魔力の塊のようなノワが久遠の頭上に陣取っている限りは。魔力喰らいの森の中にあってすら、魔圧が滲み出ているのだ。これで大森林という絶対的な枷《かせ》が外れてしまったら、いったいどうなるのか。ドーシャにも予測がつかない。

ノワは魔物なのか？

妖魔？

怪異？

それとも、加護が具現化した使徒？

その属性が何であれ、ノワは外敵から久遠を護るだろう。どうやら、すでになにかしらの契約が結ばれているようなので。それはもしかしたら、ドーシャの聖句と同等の効力を持つものなのかもしれない。

通常、神の恩恵《加護》を賜ることができるのは生涯でただ一度である。

なぜなら、加護は肉体ではなく魂に宿るものだから、ほかのモノとの重複はできないと言われている。

その加護にもレベルがあり、誰もが自由に選べるわけではない。

名捧げによる誓約も似たようなものである。重複はできない。それだけ誓約は重いということなのだが、久遠とノワの間にも名付けによる契約が結ばれてしまったようだ。

これは極めて稀というより、非常識の範疇に入る事案ではないだろうか。

しかも、久遠は妖精の加護持ちでもある。

もしかしたら妖精の加護を得たことで、久遠は複数の重ね掛けが可能になったのかもしれない。でなければ説明のつかないことが多すぎた。

だとすれば、人間であれ魔獣であれ何であれ、久遠に害意を向けた者には相応の報いがあるということだ。

誰かを、何かを守護するということは、害をなすモノを強制的に排除することにほかならないからだ。

やったら、やり返される。ごくシンプルな理屈だ。

その覚悟がなければ人を害することなど考えないほうがいい、という戒めである。ともすれば忘れがちだが。

久遠はドーシャの『愛し子《ヴェリダ》』である。

意味もなく久遠を害されたら、ドーシャはもちろん報復するだろう。適切な法の範疇でもって容赦なく。その相手が二度と莫迦な真似をしでかさないようにきっちりやり返す。相手が誰であっても泣き寝入りも忖度もしない。

そう思うこと自体、神官の権限を逸脱していると糾弾されるのであれば、神殿を去ることも吝《やぶさ》かではない。神官の誓約はメルティア主神に捧げられたものであって、神殿にではないからだ。

神殿は信徒の拠り所ではあるが、真摯な祈りは場所を選ばない。祈りの本質とはそういうものだと思っている。

ふたつ。

――約三百年前に滅亡したヴォルトール＝ラギ王朝の王族の証は銀髪紫眼である。

今現在、その王朝の末裔を自称しているのが『灰かぶり』と呼ばれる棄民である。

彼らの髪色は均一ではない灰色のグラデーションである。目の色も紫眼とはほど遠い。それでも末裔を自称して憚らないのは、帰るべき故郷を失ってしまった棄民だからだろう。
故郷を持たない彼らにとって、どの国にも属さないイェリアス大森林は最後の拠り所として
の悲願の地であるのかもしれない。たとえ、そこが凶暴な野生種が跋扈する、人間の住めない
魔境だったとしても。
そして今、野生種が逃げ出した大森林は空き家になってしまった。
各国はその謎を解明するための調査団を派遣しているだろう。定説は覆されてしまった。一
度起きてしまったのだから、二度目がないとは断言できない。
それを好機と捉えて『灰かぶり』一族が各地から集結してこないとも限らない。あくまで可
能性の問題だが。
現に、ドーシャは久遠と遭遇した。
久遠を殺そうとした黒鎧集団もすでに、『灰かぶり』が大森林に入り込んでいることを自国
に報告しているだろう。
ベイン隊も『灰かぶり』の子どもが野営地をあさっていたと報告するに違いない。隊の騎士
が負傷したことは伏せて、無礼討ちにしたとの虚偽報告をするかもしれない。その子どもは食
肉植物に食われて死んだはずだから、真偽を確かめる術はないと高を括っているだろう。
ベインのような上級貴族の野心家は、それくらいのことはいとも簡単にやってのけるに違い
ない。

これまでドーシャは、貴族絡みのことは意識的に避けてきた。面倒くさいことに巻き込まれるのはまっぴらご免だったからだ。

だから、ベインに見下されてもいっこうに構わなかった。やるべきことをやって結果を出せば誰も文句は言わない。そうすれば自ずと道は開けるものだからだ。

それで気がつけば正十三位階になっていた。肩書きからいえばベインと充分張れる。ドーシャにまったくその気がないだけで。

けれども、状況が状況だけにそういうことも言っていられなくなった。

大森林がこのまま空き家状態になってしまえば、いずれ争奪戦が始まるだろう。

イエリアス大森林を制する者が大陸を支配する権利を得る。……といわれているからだ。

そんな中、ラギ王朝の王族の証に近い色を持つ久遠が現れたりしたら、それこそ大パニックが起こるに違いない。下手をすれば本人の意思とは関係なく、久遠は勢力闘争の渦中に放り込まれてしまうかもしれない。

そんなことは絶対にさせられない。久遠を争奪戦の旗印になどさせない。

久遠はドーシャの『愛し子』だが、ここまで来るともう、シュライツラー王国だけの問題ではなくなってしまう。

ドーシャにとっては久遠が獣人たちに忌避されることよりも、むしろ、そちらのほうが大問題だった。

避けては通れない難問の模範解答はあるのか、ないのか。

危機を回避する手段はあるのか、ないのか。

（本当に悩ましい）

どれだけ頭をひねっても平穏無事とはいかないだろう。

「どうします？」

再度ロキに迫られて。ドーシャは返事をする代わりに、見かけは毒果のような果実をシャリシャリと音を立てて咀嚼した。

ロキはわずかに目を眇《すが》めた。

「ドーシャ様。さっきからガツガツ食ってますけど、それ、一口囓っただけであの世行き……とか言われてる死神の実、ですよね？」

「ん？　あー、まぁ、そうとも呼ばれてるかな」

平然と切り返すドーシャの神経がわからない。

「なんでそんな物騒なものを食ってるんですか？」

見た目がエグすぎる。なのに、平気で食べているのがまずおかしい。

正気か？

……………信じられない。

正常か？

…………あり得ない。

鳥喰わずの実を齧っているのを見たときには、ドーシャの味覚はどうなっているのかと唖然としたが、ここまでくるともはや絶句だった。

いくらなんでも死神の実なんか食うなよ！　と言いたいロキであった。

「これはクオンが見つけてきたんだけど。『じょんなぁど』って言うらしい」

「はぁ？　どこから見ても死神の実でしょう」

きっとまた、久遠が適当なことを言っているだけだと思った。『らぁふらんもでっきー』にしろ『じょんなぁど』にしろ、聞き慣れない音感が耳障りですらある。

「シャリシャリとした食感が面白くてね。まぁ、色は毒々しいんだけど、ちょっと甘酸っぱくて癖になりそうな味なんだ」

「ドーシャ様。絵面だけ見ると、ほとんど人外もどきですよ」

神官が死神の実を平然と食しているのはいかがなものか？

ドーシャは口の端でやんわりと笑った。

「もしかしたら、大森林ならではの珍味かもしれないよ？」

そこまで毒されているのかと思ったら、もう何を言っていいのかわからないロキであった。

ドーシャはそのまま無言で食べきってしまうと親指で唇を拭い、ロキを見やった。

「ロキ、君にお願いしたいことがあるんだけど」

「それは、どういう？」

「とりあえず、クオンのことは内緒にしてもらえないかな」

「――無理です」

今回の任務が終われば、ロキには護衛完了の報告義務がある。いつ、どこで、何があったのか。軍報は正確さを求められる。誰かの都合で事実をねじ曲げるような改竄《かいざん》はできない。……許されない。

それはドーシャだって同じだろう。神殿付きの神官としての本分である。

「まぁ、そうなるよね」

「ここが魔力喰らいの森だから、まだこの程度で収まっているだけで、大森林を一歩出ればすぐさま知れ渡るんじゃないですかね、クオンとノワの異質性が。『灰かぶり』の子どもがいたことはベイン隊長からも報告が上がっているでしょうし。ベイン隊の主張がどうであれ、辻褄合わせが大変ですよ、きっと。口裏を合わせることもできないでしょうから」

あの手のタイプは最後にサインをするだけで、書類仕事は秘書官まかせだろう。ロキのような軍人と違って、調査報告書などには重きを置いていないのではなかろうか。

ベインにとって大事なのは、調査団の隊長としてイェリアス大森林に行って無事に帰ってきたという目に見える形でのパフォーマンスだけだろう。おそらく、ベイン隊は端《はな》から謎の解明などする気もなかったのではないだろうか。

「君は『灰かぶり』の一族が、滅亡したラギ王朝の末裔を僭称《せんしょう》していることは知ってる？」

「噂程度には。でも、僭称自体はさして珍しくもないでしょ。赤の他人が言葉巧みに成りすまして家を乗っ取るとか、そういう話はけっこう聞いたことがありますから。吟遊詩人が語る物語の一番人気は『王位争奪戦に敗れて命からがら国を出て流民となった王族の末裔が、ある日運命的な出会いをして本当の出自を知って、めでたしめでたし』……ですからね。まぁ、実際にはあり得ないっていうか、そんなのは夢物語にすぎませんけど。『灰かぶり』の願望も、行きすぎた妄想でしょ？」

あまりにも話があり得なすぎて、誰も相手にしない。つまりはそういうことだろう。

棄民が滅亡した王朝の末裔という物語は面白いと思うが、現実世界で妄想にすがって生きるしかない人生は惨めすぎる。

「ラギ王朝の正統な末裔を名乗るには、重要な定義があるんだよ」

「それは、どういう？」

「銀髪紫眼であること」

ロキは一瞬、言葉に詰まった。

ドーシャが何を懸念しているのか、ようやく理解した。

「私たちは元のクオンの色合いを知っている」

「………灰かぶり、です」

「私にとってはクオンがどこの何者であっても、それは些末なことにすぎないけどね」

「今のこの状況で、さらっとそんなことが言えるドーシャ様を尊敬します」

ドーシャは片頬で笑った。

「今のクオンがあのままの姿で大森林から出てしまうと、ちょっとどころか大変困ったことになりそうでね。君たちがクオンに感じているらしい脅威というか忌避感とはまったく違う意味で、だけど」

「どっちに転んでもヤバいのに変わりないって気がしますけど」

本音がだだ漏れである。

「私としては殺されかけたショックで記憶が曖昧になって不安がっているクオンが、政治的に利用されるのはなんとしても避けたいんだよ。あの子はもう、充分すぎるほど辛い目に遭っているからね。いずれクオンの存在は知られてしまうだろうけど、それは今じゃない。クオンには自分を確立するための時間が必要。そう思っている。ロキ、君はどう思う？」

淡々と語る口調は穏やかなのに、ドーシャの赤眼はらんらんと輝いている。

まるで、ロキを射すくめるように。

ロキは喉がからからに渇いて痛くなった。下手なことを口走るとドーシャの視線に呑み込まれてしまうのではないかと。

ドーシャは赤竜人の血を引いているのかもしれないが、角も尻尾もなく固有魔法も使えない人氏族。

その認識で間違いないはずなのに、今、この場でロキを凝視しているドーシャからは赤竜もどきの威圧が放たれているような気がして、ロキは目を逸らすことができなかった。

＊　＊　＊

ドーシャたち一行がもうじき辺部に到達しようかという頃、合流地点の野営地では予想外のトラブルが勃発していた。

ベイン隊が騎乗するはずだった魔馬《ドリガス》と大型の荷馬車を引くための走竜《リーデル》が、いきなり狂乱して我先にと逃げ出してしまったのだ。

堂々たる体軀の魔馬は軍馬として、いついかなることがあっても動揺しないように調教されている。……はずだった。

なのに、その魔馬が、今まで聞いたこともないようなけたたましい嘶《いなな》きを上げ、世話役の馬番を踏み殺さんばかりの勢いで逃げ出していくのを目の当たりにして、豹人部隊隊長であるウルド・アウラ・ベインはただ呆然と立ち竦んだ。

「なんだ？　いったい、何が起こっているんだ」

魔馬どころか荷馬車に繋いだ走竜さえ狂乱ぎみに歯を剝いて暴れだし、馬車をめちゃくちゃに引きずって走り出すのを、ベイン隊の騎士たちも愕然と見送ることしかできなかった。

12　羽葉木事変　1

——冠城翔麻——


冠城本家、西の蔵。

今、まさに、警察による『水上久遠&冠城華月失踪事件』の実況見分が行われていた。

分家女子六人と分家男子三人、そして本家の冠城瑠偉が集められ、当時の状況やそれぞれの立ち位置などを詳細に慎重に実地検分されているのを、分家の『星見』こと冠城翔麻は蔵の入り口近くで凝視していた。

(ホントにねぇ、こういうのを『揃いも揃ってバカ丸出し』とか言うんだろうな)

これが自分と同世代の、羽葉木の次代を担う者たちかと思うと、呆れ果ててため息も出ない翔麻であった。

(本家の養い子にハニートラップとか、あり得ないだろ)

最初にそれを耳にしたとき、翔麻は本気で彼女たちの正気を疑った。しかも翔麻と奏多の結婚まで引き合いに出されて、本音で彼女たちを殴りつけてやりたくなった。

奏多が翔麻に対して積極的なアプローチをしてきたのは事実だし、当時、翔麻には悠里亜という特別な存在がいたことも否定しない。

そのことで、いまだに略奪玉の輿婚だのなんだのと陰であれこれ言われているのも知っている。だからといって、それがどうして久遠へのハニートラップの一因であるかのように語られるのか。それを思うと本当に腹立たしくてならなかった。

彼女たちの顔を見ているだけでふつふつと滾《たぎ》るものがあった。

分家男子と瑠偉は翔麻が醸し出すドス黒いオーラを感知でもしているのか、ちらちらと翔麻を見やっては目が合うのを避けるようにすぐに視線を逸らした。俺たちは無関係だから……とでも言いたげに。

本来ならばこういう場に立ち会う必要もない翔麻だが、本家当主の直々の声掛かりでここにいた。要するに、久遠の姉である遥への対応を丸投げされたのだ。もともとが本家と久遠の間を取り持つ連絡係を任されていたので、そのまま横滑りでそうなったとも言える。

この姉がなんとも厄介であった。それはもう、誰がどこからどう見ても弟を溺愛してやまない超絶ブラコンな上に、弁の立つ切れ者だったからだ。

やり込められた男たちからは『女のくせに生意気』と言われ、言い負かされた女たちには『男勝りで可愛げがない』と遠巻きにされる。将来は弁護士にでもなればさぞやすごかろう……とは周囲の評価だったが、彼女が選んだのは華道と茶道の師範だった。

久遠が本家の養い子であるために、水上姉弟が羽葉木を出てからも二人の動向はそれなりに耳に入ってきた。

遥の勝ち気な性格を知る者たちはその職業選択について。

——なんで、そっち系？

——思ってたのとぜんぜん違う。

——似合わねー。

——花嫁修業のつもり？

——ギャップがすごすぎてイメージできない。

あくまでお気楽な第三者であればなんの忌憚もなくつぶやいていられただろうが、事あるごとにその話を振られる翔麻としてはけっこう複雑な心境だった。

翔麻と遥には姻戚関係がある。妻が遥の妹なので、翔麻は遥の年上の義弟にあたる。

とはいえ、いろいろ事情があって妻の奏多は水上姉弟とは絶縁状態にあるのでごく普通の親戚付き合いはない。久遠は翔麻たちの結婚式には出席した（先代当主に言われてしぶしぶというのが丸わかり）が、遥からは『おめでとう』の一言もなかった。まぁ、気持ちはわかる。

翔麻は、久遠との連絡が途切れないようにその窓口になるというミッションを任されているだけの他人であると、そこらへんはドライに割り切っている。

ぶっちゃけて言えば、それが奏多との結婚の条件だった。口の悪い友人たちには奏多のしつこいアプローチに押し負けたへたれ婚などと言われているが、翔麻の認識では政略結婚のようなものだった。本命は奏多ではなく、あくまで久遠との繋ぎを重要視されたからだ。

その代わりに、翔麻は本家当主の第二秘書という肩書きを手に入れた。『星見』の屋号を継ぐ継嗣ではない三男の就職先としては恵まれているといっても過言ではない。その分あれこれ言われるのは予想の範疇であったが、それが今回の失踪事件の一因になったなどと噂されるのだけは我慢ならなかった。

翔麻にとって遥は中学の後輩になるわけだが、ほぼ十年ぶりに本家で再会したとき、挨拶もそこそこに、

「冠城先輩って、思ってた以上に野心家だったんですね」

にこりともせずにその言葉を投げつけられたときには、思わず苦笑してしまった。相変わらずの辛辣ぶりがかえってツボだった。

それで、つい、口が滑った。

「奏多は元気だよ」

……と。

「あー、そういうのはいいです。あの子とはすっぱり縁が切れているのでお気遣いなく」

きっちり予防線を張られてしまった。話の糸口として奏多の名前を出すのはかえって悪手だと思い知った。

翔麻は対人スキルはそれなりにあると自負していたが、水上姉弟のガードは堅い。つまり、二人にとっては翔麻も敵認識の範疇なのかもしれない。

そういうわけで、翔麻は警察による実況見分を見届けて遥に報告するために西の蔵にいるのだった。そうでもしないと遥が納得しないからだ。

なにせ遥は、本家が久遠を取り込むためには手段を選ばないと思い込んでいるからだ。今回の失踪事件にも本家が一枚嚙んでいるに違いないと。ある意味、まったくの的外れではないだけに悩ましいところではあった。

そのために、遥は早々に久遠の行方不明者届を出して事件を有耶無耶にさせないという強硬手段に出たくらいだ。

冠城本家は羽葉木の名士である。普通ならば各方面からの忖度が働き、警察が本家に乗り込んできて実地検分までやるなんてことはあり得ないのだが、とにかく、遥の圧《剣幕》がすごすぎて。そこにマスコミが便乗してきたものだから、もはや身内の事情で収めることができなくなってしまった。……というのが現状だった。

妻の奏多は、そんな遥のことを嫌悪している。

「やだ。あの人、本当にやることがハンパないんだから。本家に喧嘩をふっかけるとか、あり得ないでしょ。ねぇ、翔麻さん。あの人のせいであたしたちの立場が悪くなるとか……ないわよね？　あー、やだやだ。あの人の久遠への溺愛ぶりって異常なのよ。もう、ホントにあり得ない」

遥の名前を口にするのも厭《いと》わしいのか。『あり得ない』を連発する奏多の顔色は優れない。毒を吐きながらも、内心は遥の剣幕に恐れおののいているのかもしれない。

翔麻に言わせれば、不可解な失踪をした久遠のことを心配するでもなく、遥のせいで自分の立場が脅かされるのではないかと、そればかりに汲々《きゅうきゅう》とする奏多のほうがあり得ないのだが。まぁ、それも今更であった。

翔麻は西の蔵の間取りを軸に、分家女子たちの立ち位置と証言をタブレットに書き込んでいく。さすがにリアルで撮影するのは憚られたが、当主にもきちんと報告しなければならないので、警察には事前にタブレット使用の許可を取っておいた。もちろん、本家当主が直々に警察に申し入れた。

蔵の中での念入りな聞き取り調査が終わって、ぞろぞろと人が出てくる。

「ご苦労様でした」

翔麻が声をかけると警察関係者は軽く会釈を返してくれたが、分家女子たちはびくびくと身体を震わせて逃げるようにその場を去った。

内心、翔麻は舌打ちをする。

（挨拶は人間関係を円滑にする基本だろ。……なってないな）

同じように分家男子にも声をかけると、ぎこちなくではあるがそれなりの返礼はあった。彼らもそそくさと立ち去った。

最後に出てきた瑠偉だけが、もう一度蔵の中を振り返り、何かを確認するようにじっと目を凝らした。

「何か気になることでも？」

翔麻が問いかけると。

「……や、別に。ただ……」

瑠偉は口を濁した。いつもの傲慢ぶりがすっかり鳴りをひそめたように。

「ただ……なんです？」

「なんか、あのときのことが……白昼夢でも見てたんじゃないかって気がしただけ」

「白昼夢、ですか」

言い得て妙である。

「あの日と同じようにみんなで蔵の中に入ったら、もしかしたら、棚の隙間から灰色頭がひょっこり出てくるんじゃないかって気がして……」

いつもの瑠偉らしくもない感傷的な台詞だった。

大なり小なり、それはあのメンバー全員の心境だったりするのかもしれない。できるものならば、すべてをなかったことにしてしまいたい……願望だろうか。

瑠偉の言うとおり、彼らにとっては蔵の中に入るということはトラウマ——あの日の追体験をするようなものだったのかもしれない。分家女子たちにとっては、罪悪感が込み上げていたたまれない気分だっただろう。

(そりゃあ、挨拶どころじゃなかったかもな)

瑠偉はたとえ幻覚でもいいから久遠に出てきてほしかったみたいだが、彼女たちはどうだろう。もしかしたら、このまま謎は謎のまま嵐が通り過ぎるのを待っているほうが楽な逃げ道だと思っているのかもしれない。

(まぁ、世の中ってそんなに甘いものじゃないけど)

どこの世界でも、自己責任のツケはどこまでもついて回るものだから。

それを思い、翔麻は蔵のドアを閉めて鍵をかけた。

13　羽葉木事変　2

――冠城瑠偉＆荒井蒼士――

残暑の名残を引きずりつつも季節は秋の気配へと流れていく。

人の噂も七十五日。

その諺《ことわざ》通り、久遠と華月の不可解な失踪事件のニュースもようやく沈静化してきた。ミステリアスな失踪事件よりも悲惨な事件や災害に、人々の関心も興味も移っていくからだ。

一時は蜜に群がる蟻《あり》のように本邸にたかっていた報道陣も、今ではその影もない。旨味はすべて吸い尽くしてしまったのだろう。

そんな中、冠城瑠偉と荒井蒼士は肩を並べて冠城本家の西の蔵を目指して歩いていた。

久遠が失踪するまで、瑠偉と蒼士の直接的な接点はほとんどなかった。瑠偉は本家直系で蒼士は支家の末端、更には蒼士は失読症というハンディキャップを抱えていたせいもあり、学年は一緒でもクラスメートになることもなかった。

瑠偉は何かにつけて派手目立ちをしていたので、蒼士はそれなりに瑠偉を見知っていても、瑠偉の視界に蒼士が入ってくることはなかった。

町で何度か瑠偉とすれ違うことはあってもお互いの視線が交わることはなかった。だから、これから先もずっとそうなのだろうと思っていた。けれども皮肉なもので、久遠が失踪したことで瑠偉と蒼士の距離感が一気に近くなった。

「悪いな、瑠偉」

「別にいいけど。なんで、今更?」

瑠偉に『西の蔵が見たい』と言っても拒否される可能性は充分にあったが、意外にもその願いはすんなりと叶えられた。どうして瑠偉がその気になってくれたのかはわからないが。

蒼士は明日から東北旅行だ。駅ピアノと街角ピアノの生配信をやる。その前に一度来てみたかったのだ。

それこそ、なんで今更? ……なのだが。

「一度はちゃんと見ておきたくて」

改めて口にすると、胸がツキンと痛んだ。

「灰色頭が消えた場所だから?」

「……かな。本家に来るチャンスなんてそうそうないし?」

「そんな大したもんじゃねーだろ」

「門構えからして『本家すげ〜〜』って感じ」

瑠偉は鼻で笑った。

「わざわざ曰《いわ》く付きの蔵を見たがる物好きはおまえくらいだって」

言って、瑠偉ははたと気付く。

「そういや、どこだかのインチキ霊能者が霊視をさせろって押しかけてきたことがあったな」

もちろん、インターフォン越しの門前払いだったが。

「久遠の姉ちゃんのとこにも怪しげな連中が来たらしい」

「マジで？」

「問答無用で警察に突き出したみたいだけど」

あの事件以来、蒼士はときどき遥に電話をしている。なんだか遥のことが気になって、そうしなければいられなかった。

「灰色頭の姉ちゃん、相変わらずハンパねーな」

「本家でも大々的にお祓《はら》いをやったんだろ？」

そういう噂はすぐに伝わる。

「振りだよ。ただの振り。そうしないと納得しない連中がいるからな」

投げやりに瑠偉が言った。

別に死体が出たわけでもないのに、いったい何の意味があるのかと思っているのは瑠偉だけではないだろう。それとも、公式に久遠と華月の二人をさっさと死んだことにでもしてしまいたいのか。

「ホントに何もねーぞ?」

警察の鑑識班が念入りに調べても何も出なかったのだから。

今や失踪事件も迷宮入りである。諦めていないのはきっと、遥だけだろう。いや、認めたくないだけなのかもしれない。久遠が突然いなくなってしまった喪失感を抱えているのは蒼士も同じだったが。

「わかってるって」

だから、蒼士は自分の目で確かめてみたかった。現場を見ることで、それなりの踏ん切りがつくかもしれないと。

あの事件以来、冠城本家の西の蔵は『開かずの蔵』になってしまった。あんな事件があったあとではさすがに縁起が悪いということで、とりあえずそこに保管されてあった物は他の蔵に移して、今はもう何もない。ただ棚の枠組みがあるだけの殺風景な空間になった。

同時に、久遠と華月の失踪事件も封印されてしまった。一族の間では二人の名前すらもが禁句になってしまった。それですべてが帳消しになったなどとは誰も思っていないだろうが、少なくとも臭い物には蓋をして有耶無耶《うやむや》にできたことを密かに喜んでいる連中はそれなりにいるのだろう。

西の蔵に着いて、扉の鍵を開ける。

一気に扉を開くと、少しだけ澱んだ空気が二人の顔を撫でた。

戸口に立ったまま、二人は蔵の中に目をやった。

「な？　ホントに何もないだろ？」

「見事にすっからかんだな」

言うなり、蒼士は中に足を踏み入れた。

ゆったりとした足取りで、瑠偉も続く。

蔵の真ん中近くまで歩いて足を止め、何もない空間をぐるりと見渡す。

久遠が不可解な失踪をしたという痕跡すらもなくなってしまったのだと思うと、それだけでなんだか寒々しい気分になった。

「けど、不思議なんだよな」

「何が？」

「あるべき物がなかったんだ」

束の間、瑠偉は遠い目をした。当時のことがありありと思い出されて。瑠偉にとってもショッキングな事件だっただけに、なかなか記憶は薄れない。

「どういうこと？」

「だから、何もなかったんだ」

「何を言ってんのか、ぜんぜんわかんないんだけど」

蒼士が訝《いぶか》しげに眉を寄せると、瑠偉は半ば無意識に下唇を舐めた。

「あのときな。灰色頭がものすっごくボロい葛籠《つづら》を見つけて。もう埃いっぱい被ってたからさ、俺が思いっきりハタキで叩《はた》いたんだけど」

瑠偉はそのときのことを思い出しながら、今はない葛籠をハタキ叩く真似をした。

それを横目で眺めていた蒼士は少しだけ頬を引き攣らせた。

「……瑠偉。おまえ、それってマズいだろ。年代物だったんじゃないのかよ、それ」

「おぅ。それで封緘紙がボロボロに崩れて。そしたら、灰色頭がクソミソに俺を怒鳴りまくりやがったんだ」

そのときの怒鳴り声までフラッシュバックした。

いつもはクールすぎてスカした顔しかしない久遠に本気で怒鳴られたのは、あれが初めてだった。

「そりゃ、怒るだろ。下手すりゃ弁償ものだったりするかもしれないだろ」

「そんなの、俺ン家《ち》のもんなんだから、やらかした俺があとで頭でも下げておけばOKだろ。たかが封緘紙が破れたくらいで大騒ぎすることかよ」

この、お坊ちゃまめ！　――と、蒼士は内心で毒づいた。

ボンボン育ちの瑠偉にそこらへんの機微をどうこう言ってもはじまらないのかもしれないが、蒼士は『おまえ、それでも本家の直系かよ！』と言いたくなってしまった。たぶん、瑠偉をクソミソに怒鳴りつけたらしい久遠も同じ気持ちだったのではないだろうか。

「その中に古文書が何冊かと錆び付いた短剣が入ってて。雫《しずく》たちは古文書をペラペラ捲って。何が書いてあるのかさっぱりわからないから、もしかしたら神代《じんだい》文字じゃないかとか言い出してさ」

古文書を勝手に捲る分家女子たちも、どうかと思う。そういう貴重な物は、まず手袋をして、ゆっくり静かに一枚一枚丁寧に取り扱うのが常識なのでは？

本当に非常識な連中である。冠城一族の本家と分家の直系がそんなことで大丈夫なのかと、つい思ってしまった。

「そしたら、北斗がいきなり灰色頭にネチネチ絡み出して。ンで、灰色頭が思いっきりどぎつい口調で北斗に言い返したわけ。で……北斗のバカがボロボロに錆びた短剣を摑んで俺に押しつけようとしやがったんだ」

話の脈絡はさっぱりわからなかったが。

「なんで？」

とりあえず、相槌を打っておく。たぶん、瑠偉にも思うところがありそうだったので聞き役に徹することにした。

「バカが何を考えてるのか、俺にわかるわけねーだろ。ボロボロに錆びてても短剣だぞ？　そんな危ないもんを押しつけられたら怪我をするに決まってんじゃん。だから思いっきり拒否ったら、短剣がポロリと落ちて、こう……ぶっすり土間に突き刺さったんだ」

瑠偉はその場面を再現するように土間を見やった。

「ほら、ここ。この窪みにブスッと…………」

瑠偉が指をさした場所にはわずかにそれらしき傷跡が残っていた。

だが、普通に考えたら、このカチカチに踏み固められた土間にボロボロに錆びた短剣が刺さるものなのか？

それこそ、逆にポキリと折れてしまいそうなのだが。

「ンで、さすがに俺も頭にきて、北斗の胸ぐらを引っ摑んで蔵から出て。北斗の腹に一発お見舞いして母屋に戻った。そのあと、分家のド阿呆の女子がやらかしてくれたわけだ」

「ハニートラップ……な」

その言葉をもらすだけで、やたら口の中が苦い。

「あとはおまえも知ってるとおり、密室状態の蔵の中から久遠と華月が消えた」

そのあとの展開はもう何度も繰り返しテレビでもネットでも話題になったミステリー・ゾーンである。いまだに、その謎は解明されていない。

「で、おまえの言ってた、あるべきものがなくなった……てのは、何？」

「だから、古文書と土間に突き刺さった短剣」

「はぁ？」

「俺はてっきり、雫たちが証拠隠滅のために現場から持ち出したとばかり思ってたんだけど。あいつら、取って逃げたのは華月のスマホだけだって言うんだ。そのときは気が動転して気がつかなかったけど、よくよく考えてみたら古文書も短剣もなくなってたとか言い出しやがってさ」

「……マジで？」

「なら、そのふたつはどこに消えたんだって話になるだろ？」

「もしかして、それも久遠たちと一緒に消えてなくなった……とかいうオチなのか？」

「そう言い張ってんだよ、あいつら」

「それって、警察には？」

「言ってない」

「なんで？」

「もしかしてものすごく貴重な家宝とかだったら取り返しがつかないから黙っててくれって、あいつらに泣きつかれた。北斗も二人の失踪にはノータッチだけど、短剣に関しちゃ実行犯みたいなものだからな」

蒼士は呆れてものが言えなくなった。

（ボロボロの短剣と久遠たちを同一に語っていいわけないだろ！）

瑠偉を怒鳴りつけたくなったが、喉まで出かかったそれを無理やり呑み込んだ。

「どこに行っちまったんだろうな灰色頭も短剣も…………。あるべきものがなくなって、人も消え失せた。ついでにこの蔵にあったものも全部なくなって、スッカラカンになっちまった。ここ……まるで抜け殻みたいだよな」

瑠偉は何か思うところがあるのか。ぼそぼそとつぶやきながら短剣が突き刺さっていた傷跡を指で何度もなぞった。

…………と。

「い……つッ」

いきなり瑠偉が顔をしかめた。

「何やってんだよ、瑠偉」

「指、切った」

「は？」

見れば、指先に血が滲んでいた。

「いてて………」

ぷくりと膨らんだ血が滴《しずく》となって、ぽたりと落ちた。ちょうど、瑠偉が触っていた土間の傷跡に。

――とたん。

蒼士は耳の後ろで何かが弾けたような気がして、ハッと顔を上げた。

……瞬間。蒼士の視界が半分斜めにズレた。まるで、切っ先の鋭いナイフか何かで切りつけたように。

「え……？」

思わず目を見開くと、斜めにズレたそこから何かが飛び出してきた。色とりどりの粒が洪水のようにこぼれ落ちて、視界いっぱいに広がるとグルグル回り出した。

……あんぐり。

…………ビックリ。

……………ただ呆然。

目を凝らしてみると、それは見たこともないような文字だった。いや、たぶん、文字だと思うが、それが立体的に跳ね回るというあまりにも非常識すぎる代物だったので、蒼士は口を開けたまま固まってしまった。

(何、これ。なんか、視界が超絶におかしいんだけど)

口の端までヒクヒクと引き攣ってきた。

「おい、蒼士」

いきなり肩を小突かれて。

「……ッ！」

現実に引き戻された。

「何、バカ面《づら》さらしてんだよ」

眼前には呆れたような瑠偉の顔がある。

もしかして幻覚でも見ていたのだろうかと、蒼士は恐る恐る視線を巡らせて……ごくりと息を呑んだ。

幻覚でも錯覚でも気のせいでもなく、蒼士の視界では色とりどりの文字らしきものが浮遊していた。

（……なんで？）

目の前には瑠偉という現実がある。なのに、躍る文字もどきという視界が非日常だった。

（……どういうこと？）

ぱちぱちと何度まばたきをしても、それは消えなかった。

「瑠偉。あれ……見える？」

「はぁ？　何が？」

蒼士の指さす方向に目をやった瑠偉は、何もない空間を睨む。

「おまえ、おちょくってんのか？」

瑠偉のトーンが低くなった。

「や……そうじゃなくて。ホントに見えてない？　あれが」

「だから、何が？」

自分にははっきりと見えているものが、瑠偉には見えていない。

おかしいのは、自分の視界だけ。

なんで……？

（なんなわけ？）

リアルなのに異質すぎて、気持ち悪い。背中がぞくぞくしてきた。

いったい何がどうなっているのか。

「瑠偉。信じてもらえないかもしれないけど、今、俺たちの周りで文字みたいなものがキラキラしてるんだけど」

「……は？」

突然変なことを言い出した蒼士に、瑠偉は思いっきり顔をしかめた。

14　羽葉木事変　3

――冠城清龍――

冠城一族は銀髪碧眼の土地神を始祖とする血族である。

本気でそれを信じている……などと言えば余所者は失笑するかもしれないが、過去にそれなりの神通力をもった異能者がいたことは事実である。それが一族の誇りでもあった。

現当主である冠城清龍はこのところ不機嫌であった。先代は柔和な美形であったが、その息子である清龍は迫力のある氷雪《アイス・ビューティー》系だった。『厳格』の二文字が顔つきに表れていると言っても過言ではない。

実際のところ、彼の心情を正確に把握できる者はごくごく限られていたが、それが羽葉木の大地主である一族の当主としての威厳を保つことに繋がっているのは否定できない。

とはいえ、まさか、自分の代になって羽葉木を揺るがす大スキャンダルが勃発するなどとは夢にも思わなかった。

発端は先代当主の初盆だった。

本家の養い子である水上久遠は初盆の儀が始まる時間になっても会場に現れなかった。

「どうしたんでしょうな」

「まさか、ドタキャンですか？」

「いやいや、それはないでしょう」

「でも、あの久遠ですよ？」

「水上姉弟とはいろいろありましたからねぇ」

久遠との連絡窓口である『星見』の翔麻が電話をしても通じない。メールをしてもレスポンスがない。

結局、久遠は最後まで姿を見せなかった。

だから、清龍も久遠がドタキャンをしたのだと思った。久遠が何かにつけて本家と距離を置きたがっていたのは周知の事実だったからだ。

本家に乞《こ》われて羽葉木にはやってきたが、当日になって気が変わった。つまりはそういうことだろうと。

困った奴だと思った。もう少し骨《良識》があると思っていたのだが。

よりにもよってドタキャンとは外聞も悪い。なにより、先代の顔に泥を塗るような行為だと思うと怒りも湧いた。

なのに、である。

それが単なるドタキャンではなく、不可解な失踪事件にまで発展してしまった。久遠の姉である遥が久遠の行方不明者届を出して警察沙汰にしてしまったからだ。

まったくもって遺憾であった。

遥が本家を敵視しているのは知っていたが、そこまでやるか？　……という気がした。まるで本家が悪意を持って久遠を拉致監禁しているのではないかといわんばかりの遥の態度に、さすがの清龍も腹が煮えた。

「何をもってそういう勘違いをしているのか知らないが、あまり迂闊なことは言わないほうがいい」

「だったら、きっちり説明してください。どうして久遠が突然いなくなったのかを」

「その理由がわからないのはこちらも同じだ」

「そういうのを逃げ口上とかいうんじゃないんですか？」

「聞き捨てならないな。それこそ、名誉毀損になるとは思わないのかね」

「知らない。聞いてない。何もわからない。そんなんで納得できるわけないでしょ」

遥は強情だった。本家の当主《冠城一族のラスボス》相手に一歩も引かなかった。部屋のドア越しに中の様子をうかがっている者たちにとっては、まさしく冷汗ものだったが。

その根底にあるのが弟に対する愛情だとわかっていたから遥の無礼な物言いにも目をつぶる気になったのだ。でなければ、さっさと叩き出していただろう。

それでも、わからないものはわからないのだからしかたがない。それを逃げ口上などと言われるのはさすがに業腹だった。

今回の初盆の儀を機に、内々に久遠を正式に本家の養子にする話も出ていたが、久遠の失踪騒ぎで白紙にせざるを得なかった。

先代は久々に現れた灰髪灰眼という瑞色《ずいしょく》を持った久遠をぜひとも本家に取り込みたがっていた。清龍も否やはなかった。

その先代の悲願も無に帰してしまった。

清龍にしてみれば、このときはまだ、遥の浅慮が招いた見当違いも甚だしい行為だと思っていた。久遠の失踪の責任を本家に押しつけられてはたまらない、と。

ところが、である。

事態はまったく予想外の急展開になった。

分家筋の女子たちが徒党を組んで久遠にハニートラップを仕掛けていたことが発覚したのだった。そのときになって初めて、清龍は失踪したのが久遠だけではなく『風見《かざみ》』の娘も一緒にいなくなったことを知った。

当然、清龍は激怒した。

本家公認の養い子である久遠を色仕掛けでハメて、落として、既成事実を狙った？

まったくもって、わけがわからない。いったい何を考えて彼女たちがそんなことをしでかしたのか、理解できなかった。

分家の直系である娘たちがそこまでバカだとは思わなかった。

冠城一族の恥曝《はじさら》しもいいところであった。各家の親たちが娘の不始末を平身低頭で詫びたが清龍の怒りは収まらなかった。

そのことが公になって羽葉木を揺るがす一大スキャンダルとなり、ネットで拡散するに至って、もはや身内の恥……で済む話ではなくなった。

冠城一族の名声は地に落ちてしまった。

いったいどうして、こんなことになってしまったのか。清龍の眉間の縦じわはますます深くなった。

羽葉木は今、観光客ではなくマスコミ関係者が大勢押しかけてきて苛烈な取材合戦になっている。

あること、ないこと、憶測や流言が飛び交い、それはひどい有様だった。分家や支家にまで取材の申し込みが殺到している。本当に由々しき事態であった。

そんな、ある日。

夕食を済ませて自宅の書斎にこもっていると、ドアをノックする音がした。

(誰だ?)

清龍が書斎にこもっているときには誰も邪魔をしない。それが本家《我が家》のルールになっていたはずなのだが。

書類を捲る手を止めてドアを見やると、三男の瑠偉がドアを開けて顔を覗かせた。

「親父。ちょっといいか？」

驚いた。瑠偉がわざわざ書斎にまでやって来るとは思ってもみなくて。

「なんだ？」

「話があるんだけど」

珍しいこともあるものだ。

長男、次男とは仕事関連でそこそこ話はするが、大学生の瑠偉とはめったに顔を合わせることもない。どこで何をやっているのか、外泊もしょっちゅうらしい。

母親とのコミュニケーションはそれなりに取れているようだが、清龍との会話はない。たまに夕食をともにすることがあっても、二人して黙食だった。

高校生になってからは更にそれが顕著になった。仕事が忙しいことを言い訳にして親子のコミュニケーションを疎かにしていたツケが回ってきた。それもあるかもしれないが、そもそも、瑠偉は清龍に対して反発するというよりは苦手意識があるようだった。まともに目を合わせようともしないのだ。

その理由もわかっている。久遠だ。

小学生の頃、瑠偉は久遠を『灰色頭』呼ばわりして担任教師からたびたび注意をされていた。母親が何度窘《たしな》めても態度が改まることはなかった。

久遠が本家の『特別養い子』であることが不満だったに違いない。周囲の大人が直系男子の瑠偉よりも、ほとんど赤の他人である久遠を持て囃《はや》すのが気に入らなくて。

そういう風習があること自体に否定的。言ってしまえばそれに尽きるのかもしれない。

最初は軽い嫉妬心だったのかもしれないが、たぶん、周りがあれこれ言うので瑠偉も意固地になってしまったのだろう。

だが、本家の三男がそんなふうだと示しがつかない。瑠偉の父親としてもそこらへんのことをきっちり言い聞かせるつもりで正座をさせてこんこんと説教をした。

おそらく、そのことで清龍に対する苦手意識が刷り込まれてしまったのかもしれない。

その瑠偉が自分から清龍に話があるからと書斎にまでやって来たのだから、それなりに重要なことなのだろう。

清龍は部屋の中に入るように目で促した。

瑠偉は心なしか緊張しているようだった。それも無理からぬことかもしれない。久遠の失踪事件からこっち、清龍の強面《こわもて》ぶりが加速したのは周知の事実である。

「それで？　話というのはなんだ？」

清龍は自分の正面に立ったままの瑠偉に問いかけた。

「支家の荒井家って、知ってる？」

聞き覚えのない家名だった。清龍の記憶にはない家名だから、おそらく支家とはいえ傍流の末端だろう。

「いや、知らない」

「そこの次男が蒼士って言うんだけど、そいつが灰色頭……」

言いかけて、清龍が軽く睨むと、瑠偉はハッとしたようにわざとらしい咳払いをして言い直した。

「蒼士っていうのは久遠の親友なんだけど」

そう前置きして、今度はしっかりと清龍を直視した。

「そいつがちょっと、変なことを言い出して」

「ほぉ。何をだ？」

どんな変なことかは知らないが、久遠と華月の不可解な失踪事件がまったく解決の糸口さえ見つからない現状を鑑《かんが》みれば、この際、些細な情報であっても欲しい。それが清龍の本音であった。

「この間、蒼士が例の蔵を見たいって言うから連れていったんだけど」

「……瑠偉」

思わず低い声が出た。

西の蔵は今、出入り禁止にしてある。なにしろ密室状態のまま久遠と華月が消えてしまった曰く付きの場所だからだ。

警察の鑑識班が念入りに調査をして何の異状も見られないことは証明されたが、逆に、それで謎が深まっただけだった。そこからどうやって二人が忽然と消えてしまったのか、まるでわからないからだ。

その謎が解明されていない以上、迂闊に人を近づけてはならないということを家人にも徹底させていた。……はずなのだが。

「立ち入り禁止だろ？　わかってるよ。でも、もしかしたら蒼士なら俺たちが気がつかない何かを見つけることができるんじゃないかと思って」

「……なぜだ？」

語気を強めると、瑠偉はわずかに目を眇《すが》めた。

「……勘？」

なんとも心許ない台詞である。いつもの瑠偉らしくない。それでも、わざわざそれを言いに来たのだから瑠偉にとっては意味のある話なのだろう。

「その勘とやらが当たったのか？」

これまで親子の会話らしいものは皆無だったし、これもいい機会かもしれないと思った。こじれた関係がそれですんなり元に戻るなんて甘い期待はしていなかったが。

「蒼士は失読症のハンデがあって本とかはまるっきり読めないんだけど、なんていうか……第六感みたいなのがあって」

第六感。いわゆる霊感的な意味で瑠偉は言っているのだろうが、清龍は頭ごなしにそれを否定する気にはなれなかった。

なぜなら。今ではすっかり廃《すた》れてしまったが、冠城一族の屋号が示すとおり、昔はそういう通力が当たり前のように存在していたからだ。

『星見』は占星術に優れ。

『風見』は気象を読み。

『遠見《とおみ》』は予知能力があり。

『土見《つちみ》』はグリーン・フィンガー、植物系の異能力があった。

そういう特出した能力を受け継いだ家系が今の分家なのだが、今回の事件を引き起こすきっかけになった娘たちがそれぞれの直系であることはどうにも皮肉と言うよりほかない。

年月とは緩やかにあらゆるものを押し流す。信念や伝統すらもが廃れていく。その見本のようなものだった。

瑠偉が言うところの荒井蒼士にもしも本当にそういう能力があるのだとしたら、まったくのノーマークだった。

「荒井家というのは冠城の支家だと言ったな？」

「そこの末端？　祭事にも呼ばれたことがないみたいだから、本当にうっすら血が入ってるだけのただの地元民？　あー、それでいくと灰……久遠も似たようなもん？」

その言い様に、ある意味清龍は愕然とした。冠城の血が限りなく薄くなった末端の家系から
そういう先祖返りが生まれているという現実を突きつけられたような気がした。

水上久遠は特徴的な瑞色を発現し、荒井蒼士は冠城伝説の根幹をなす異能力を発芽させた。

……かもしれない？　しかも、両家ともども家系図的にはまったく何の注目もされていなかっ
た。

いったい、これは、どういうことを示唆するのか。

（異能力の転換期に入ったとでも？）

思わず背中がぞわりとした。

そんな清龍の動揺も知らず、瑠偉はことさら淡々と言った。

「……で、蒼士が言うには。あの蔵の中にはなんか……わけのわからない文字もどきが浮遊し
ているらしいんだけど」

「はぁ？」

素で変な声が出た。

清龍自身も驚いたが、瑠偉も呆気にとられたような顔で清龍を凝視していた。

とりあえず、一息入れて。清龍は居住まいを正した。

「その、文字もどきとはなんだ？　蒼士は失読症なんじゃないのか？」

「だから、俺にもよくわからないんだって。そんなもん、俺には見えないわけで。最初はおちょくられてんのかと思ったけど、蒼士がすっげー真面目な顔でそう言い張ってるんだから」

本家直系である瑠偉には見えない文字もどきが、傍流末端の蒼士には視える？

失読症なのに？

いや…………。

…………もしかして。

（視覚の転位か？）

その言葉をどこかで聞いたか、見たか、そんな気がした。ほとんどうろ覚えだったが。

清龍は勢いよく立ち上がり、鍵のかかった書棚から古文書を何冊か取り出してその記述を探した。

そして、三冊目で見つけた。

【視覚の転位】

その記述を。

古文書によれば、現実の視界が直線状にズレてその境界線上に何か別のものが視える現象を言うらしい。そういう視覚を持つものを『精霊眼』持ちと呼ぶのだとか。

清龍は小さく唸った。まさか、今になってそんな遺物めいたものが出てくるとは思ってもみなくて。

一般人が聞けばそんなバカバカしいと一笑に付すような事柄でも、冠城伝説ではそれが事実として受け継がれている。冠城の始祖はそういう異能力に長《た》けていた土地神であるからだ。それがきちんと古文書として残っていることこそが一族の貴重な財産であった。

今どきの若者たちは土地神伝説など眉唾だと思っている者もいるようだが、目に見えるものだけが真実ではないことを清龍は知っている。本家当主として、それを次代に伝えていかなければならない責任があることも。

「瑠偉」

「何？」

「蒼士を呼んでこい」

「無理」

瑠偉は即答した。

そう言えば、今はもう深夜に近い時間である。

「だったら、朝イチで」

「だから、無理。蒼士は今、演奏旅行中」

「なんだ、それは」

「あいつ、ネットでピアノ演奏の生配信をやってるんだよ。フォロワーつーかコアなファンもけっこういるらしい」

それはまた思いがけないことだった。

「失読症なのに楽譜が読めるのか？」

率直な疑問だった。

「ほとんど暗譜だって。絶対音感っていうの？　一度耳にした音は絶対に外さないらしい。灰……久遠が自分のことのように自慢してた」

「そうなのか？」

「そうだよ。あいつら二人、何かっていえばいっつもツルんでた。はぐれ者同士、気が合ったんじゃね？」

久遠が絡むとどうしても毒を吐かずにはいられないのが瑠偉の性分なのかもしれない。

「それで、駅ピアノとか街角ピアノとか、全国各地でそういうところに置かれた誰でも自由に弾けるピアノを演奏してその映像をライブ配信してるんだよ」

なんとも斬新な試みというか、ある意味、今の時代を象徴しているような気がした。

「今、どこにいるんだ？」

「東北あたりだと思うけど？」

清龍はすっかり気が削がれたような気がして、どんよりとため息をついた。

それでも、失踪事件の重要な手がかりが摑めるかもしれないと思うと、蒼士の確保が最優先に思えた。

「じゃあ、おまえは彼のスケジュールを確認して早めに家に連れてこい」

「――わかった」

もっとゴネるのかと思ったら、瑠偉は案外素直に応じた。

「瑠偉」

「なんだよ」

「貴重な情報だった。ありがとう」

清龍が何の含みもなくそれを口にすると、瑠偉はぷいと視線を逸らした。

「俺だってそれなりに心配してるんだよ。周りはごちゃごちゃ好き勝手にほざいてるけど。ンじゃ、そういうことで」

そのまま、瑠偉は出ていった。

その背中を見送りながら、清龍は、瑠偉は瑠偉なりの葛藤を抱えているのだろうと今更ながら思い当たったような気がして、再びデスクチェアーに座ると深くもたれた。

15　羽葉木事変　4

——開かずの蔵——

駅や街角ピアノの演奏旅行から帰ってくるなり、蒼士は冠城本家に呼び出された。

(や……別にいいんだけど)

大学に通っているわけでも、ごく普通に会社勤めをしているわけでもない蒼士は時間に縛られない自由人《フリーター》である。やっているのは出張ピアノ演奏の生配信というネット稼業だが、親もそのへんは認めてくれている。というより、ハンデを抱えた蒼士がそれなりに社会人として自活できているのを心から喜んでくれた。

久遠の存在がなくなってしまった喪失感だけはいまだに埋まらなかったが。

(俺も気になっていたから)

演奏旅行に発《た》つ前、冠城本家で見たあの光景がいまだに脳裏に焼き付いている。

蔵の中に浮遊していた色とりどりの文字もどき。あれはいったい何だったのだろうかと。東北を巡っている最中でもその正体が気になって気になってしかたがなかった。

蒼士には視えているものが瑠偉には見えていなかった。何を言っても信じてもらえなくて、早々に蔵から追い出されてしまった。

（おちょくっているのか……とか、瑠偉の奴、すっごい低い声で凄んでたもんなぁ）

どうやら、瑠偉にとっても『開かずの蔵』はトラウマを刺激する特別な場所になってしまっているようだ。

その瑠偉から電話があった。

『こないだ、おまえが言ってたあれなんだけど、親父に話したらもっと詳しく話が聞きたいそうだ。俺的にはいきなり見えないものが見えるなんておまえが言い出したときには、こいつ頭がおかしいんじゃねーかって気になったけど、その真偽がどうであれ、親父の興味は惹いたみたいだ。おまえ、こっちにはいつ戻ってくる？』

本音で驚いた。

あの場ではまるっきり信じてなさそうだった瑠偉が本家当主……父親にその話をしたということが。

やはり、内心では瑠偉も気になっていたのだろうか。もしかして、見えないなりに本家直系としてのセンサーに何かがふれた……とか？

久遠が不可解な失踪をする直前まで一緒にいたらしい瑠偉としては、それなりに思うところがあるようだが。それが起こるまではほとんど瑠偉と関わりがなかった蒼士には、瑠偉との距離感がいまいち摑めない。話をしていても、いつどこで、どんなふうに瑠偉の地雷を踏んでしまうのかわからないからだ。

最初に声をかけてきたのは瑠偉だった。どうやら、蒼士が久遠と泰伯峡で待ち合わせをしていたことをどこからか聞きつけたようで、もしかしたら蒼士が久遠の居場所を知っているのではないかと思ったらしい。

さすがに。

——おい。灰色頭はどこに行った？

いきなり上から目線で詰問されるとは思わなかったが、そのブレない傲慢さが瑠偉の平常運転だと思えばそれほど腹も立たなかった。……が、久遠との相性が最悪な理由は問わなくてもわかるような気がした。

実際、蒼士も瑠偉には聞きたいことが山ほどあったので、会いに行く手間が省けてラッキーだったとも言える。

それから二人で情報の摺り合わせをして、お互いの足りない部分を埋めることができた。

瑠偉と顔を合わせてじっくり話をしたのはそれが初めてだったが、同年代という気安さがあったのは否定できない。なにより、瑠偉が無駄に威嚇してこなかったので蒼士も平常心でいられた。

蒼士にとって久遠は親友だが、瑠偉と久遠は相性最悪な天敵。その久遠という柱がなくなって、交わる必然性などまったくなかった蒼士と瑠偉の隔たりがなくなった。それも、たぶん巡り合わせなのだろう。

今では久遠の名前を出すことさえ憚られるのが羽葉木の現状である。そんな中で瑠偉といるときだけはごく普通に久遠の話ができるというのもなんだか歪《いびつ》な感じがするが、蒼士も瑠偉もそこらへんはドライに割り切っていた。

＊　＊　＊

冠城本家門前。

(ほんと、どこから見ても威圧感マシマシだよな)

黒光りする門構えを見据えて、蒼士は軽くため息をついた。

前回は瑠偉と二人だったからもっと楽な気分でいられたが、今回は本家当主直々の呼び出しということでなんとなく下腹に力が入った。

インターフォンを押して名前を告げる。

「荒井です」

「はい。少々お待ちください」

年配の女性の声がして、すぐに切れた。てっきりその女性がやって来るのだろうと思っていたら、通用口のほうの扉を開けて顔を出したのは瑠偉だった。

「どうも」

「おぅ」

挨拶もそこそこに中に入る。

「ちょっと緊張してきた」

「なんで？」

「そりゃ、やっぱり、瑠偉の親父さんに会うのは初めてだからだろ」

蒼士の今の気分は『本家のラスボスに召喚されたド庶民』である。緊張するなと言うほうが無理。

瑠偉の父親の顔は雑誌で見たことはあるが、本物《リアル》な迫力は別物だろう。

……と。瑠偉がボソリと言った。

「ちびるなよ？」

それはいったい、どういう意味？

もしかして、それは単なる比喩とかではなく、実際にラスボスの迫力に負けてうっかりちびった人がいたりしたのだろうか。

瑠偉のよけいな一言で、蒼士の足取りが一気にぎくしゃくしてしまった。

そんな蒼士の隣で、瑠偉がいきなりプッと噴いた。

「なに？　なんだよ？」

「さっきのおまえの台詞、小学校のときの担任が初めて家庭訪問に来たときとまったく同じだと思って」

「え？　そうなん？」

では、その先生がちびった……とか？

「担任は親父を前にしたらカチンコチンの冷凍人間もどきになって、肝心なことはひとっことも聞けずに最後はがっくり肩を落として帰っていった」

それはご愁傷様と言うほかにない。

「じゃあ、やっぱりラスボスなんだな」

つい本音がだだ漏れた。

とたん、瑠偉が肩を揺すって爆笑した。

「ラスボス……ラスボスって……………。マジ、ウケるぅ…………」

蒼士は唖然とした。いつも不機嫌そうにしている瑠偉がこんなふうに声を上げて笑う姿など一度も見たことがなかったからだ。

(なんだ。ちゃんと笑えるんだな、瑠偉も)

正直、なんだかホッとした。瑠偉も本家直系という枷があって、その反動でけっこう拗《こじ》らせているような噂があったので。

蒼士は失読症というハンデがあっても友人に恵まれているという自覚があるが、瑠偉はどうなのだろう。取り巻きでない友人はいるのだろうか。

つい、そんなことまで思ってしまった。

泣く。

笑う。

怒る。

悲しむ。

そういう自然な感情の発露は必要だろう。久遠も瑠偉も外面《そとづら》を取り繕うことだけがやたら上手くなって、その仮面を被ることに慣れてしまって、その分、表情筋が強張りきっているのではないかと蒼士は思った。

＊　＊　＊

本家西の蔵。

瑠偉の爆笑ですっかり緊張も緩んでしまった蒼士が蔵の前までやって来ると、やたら迫力のある瑠偉の父親――本家当主である清龍がすでに待機していた。背筋をしゃんと伸ばした立ち姿には本家当主としての威厳が満ちあふれていた。

その背後には清龍と同年配らしき男性が二人いた。

「は……はじめまして。荒井蒼士です」

緊張感はなくなったはずなのに、ラスボスはやはりラスボスだった。つい、声も上擦ってしまった。

「よろしく、蒼士君。瑠偉の父です。わざわざこんなところにまで足を運んでもらって、すまないね」

口調は柔らかいのに低めに絞った声には圧があった。もしかして、これが通常モードなのだろうか。

「……いえ。前回は瑠偉君に無理を言って蔵の中に入れてもらって……。すみませんでした」

開かずの蔵に押し入った責任は自分にあると、先に自己申告しておく。

清龍は名乗ったが、後ろの二人は無言だった。

(ふーん、そうなんだ。支家の末端に名乗る必然性はないってことだよな)

つまり、清龍はあくまで瑠偉の父親という立場でここにいるのだろう。

今日は本家当主ではないというアピールだろうか。

それは蒼士に対する気遣いなのか。それとも、これは非公式な召喚という宣言?

（ていうか、おじさんたちの視線がけっこう物騒なんだけど）

きっと、二人にとって、蒼士は招かれざる客なのだろう。

「じゃあ、さっそくいいかな？」

「あ……はい」

清龍に促されて、少々額の生え際が後退しはじめているほうの男がドアの鍵を開けた。

まず清龍が蔵の中に入り、続いて二人の男が、それから蒼士がゆっくりと足を踏み入れ、最後に瑠偉が入った。

ひんやりとした蔵の中に立って、蒼士は目を凝らす。

…………何もない。

何も見えない。天窓から差し込む光にうっすらと埃が舞っているだけだった。

蒼士は小さく息を呑んだ。内心、ホッとして？

それとも、何の異変もなくてガッカリした？

蒼士にもよくわからない。あれが現実だったのか。幻覚だったのか。……今もって自信がなかった。

だからこそ、もう一度確かめたかったのだ。

きちんと、しっかり、見極めたかった。

「どうかな？」

「何もない、ですね」

蒼士がボソリともらすと、二人の男が露骨に鼻で嗤《わら》った。

「ご当主、やはりデマカセだったようですな」

「支家の末端が言うことなど信憑性がないことが、これではっきりしましたね」

「本当に人騒がせにもほどがある」

「ちょっとばかりネットで名前が売れているからって、調子に乗りすぎなのでは？」

「売名行為もいいかげんにしてもらいたいね」

ここぞとばかりに蒼士を責め立てる。

だが、そんな侮蔑に満ちた言葉も、蔵の中をじっくり集中して見渡している蒼士の耳には届いていなかった。

（もしかして、何か見落としてる？）

蒼士は前回のことを思い返してみる。

あのときと、どこが違う？

何が…………足りない？

そして、はたと気付いた。前回はあって、今回はないものに。

「瑠偉、ちょっと」

ちょいちょいと瑠偉を手招きした。

訝しげな顔をしながらも、瑠偉が歩み寄ってくる。

「なんだ？」

「あのさ。ここに、血を垂らしてくれない？」

「はぁ？」

蒼士がここと指をさした場所。それは錆び付いた短剣が突き刺さった窪みだった。

「……おい」

蒼士が言わんとしたことを正確に汲み取って、瑠偉は唇の端をわずかにひん曲げた。

「どうせなら、こないだと同じようにきちんと再現したほうがいいかなって」

たぶん。

……きっと。

………そうすべき。

ただの思いつきではないという確信めいたものがあった。

「だったら、おまえの血でもいいんじゃね？」

「だから、正確に再現したいんだよね。本家直系の濃厚な血を吸ったあとじゃ、俺みたいな末端の薄《うっす》い血じゃダメだと思う」

額を突き合わせてひそひそと密談をする蒼士と瑠偉を清龍はじっと見据え、男二人は胡散臭げに見ていた。

「おまえ、けっこう容赦ねーな」

「ドバッとじゃなくて、プチッとでいいから」

「……わかった」

「じゃ、よろしく」

蒼士に言い負かされるのは癪《しゃく》だが、あのときと同じように再現するにはそれしかないだろうと、瑠偉は先日買ったばかりのピアスを外すと、その針先で指を刺した。

ちくりとする痛みに顔をしかめて、指先に血がぷっくりと滲むと一滴、二滴と短剣の傷跡の窪みに垂らした。

――と、間髪を入れずに蒼士の視界が二重にぶれた。前回と同じように。

(やっぱ、瑠偉の血に反応してるんだな。どういう仕掛けになってるのかはさっぱりわかんないけど)

蒼士は事前に用意したレコーダーをポケットから取り出すとスイッチを入れた。

前回はいきなりだったから何の用意もできなかったが、今回はしっかり準備した。この現象が自分にしか見えないのなら、その様子をきっちり録音して、あとで自分なりに検証しようと思った。

＊　＊　＊

（いてて……。蒼士の奴、人の指だと思って簡単に言ってくれるよな）

ピアスの血を拭って、とりあえずポケットにしまった。あとでアルコール消毒してから耳に付け直せばいいだろう。指の傷はハンカチで押さえて止血をした。

（上手くいったのか？）

蒼士は何もない空間を見やり、レコーダーを口に当ててブツブツつぶやいていた。はっきり言って、なにやら薄気味悪い。

瑠偉には何も見えないが、蒼士には文字もどきが視えているようだった。

（マジなんだ？）

蒼士の視界に何が映っているのか、瑠偉にはイメージすることすらできないが。ときおり指を伸ばして何かを触っているような素振りをするのが、なんともシュールだった。

「え？　これってもしかして文字じゃなくて音階？　マジか？」

蒼士がいきなり声を張り上げた。

そして、まるでハミングをするように一音、一音、声に出した。

リズムなどなく、法則性もない、旋律にすらならないただの音素。

高音と低音がランダムに入り交じったような、長・短のアクセント。どこか耳障りな雑音めいた――韻律。

意味のないリズム。

なのに、なぜか、無視できなかった。

……違う。

蒼士が音素を声に出すたびに、頭の中で何かが響いた。

最初は愛らしい鈴の音が。ついで、ハンドベルの清らかな音色が。そして、最後は重々しい鐘の音が脳を揺らすみたいに…………反響して。半ば無意識に身体が揺れた。

ゆらり。

…………ゆらゆら。

――――揺れて。

その瞬間、瑠偉は何かに吸い込まれるような気がして意識が遠くなった。

本書は書き下ろしです。
この物語はフィクションです。
実在するいかなる個人、団体、場所等とも一切関係ありません。

吉原理恵子　よしはら りえこ

10月4日生まれ。天秤座、B型。福岡県出身・在住。
著作に「間《あい》の楔《くさび》」「子供《ガキ》の領分」「二重螺旋《らせん》」各シリーズ、
『新装版 呪縛《とりこ》』『新装版 対《つい》の絆《きずな》』（上・下）『純銀のマテリアル』などがある。

純銀《じゅんぎん》のラビリンス

2023年8月7日　第1刷発行

著者　吉原理恵子《よしはらりえこ》
発行者　髙橋明男
発行所　株式会社 講談社　〒112-8001 東京都文京区音羽 2-12-21
☎ 03-5395-3506（出版）
☎ 03-5395-5817（販売）
☎ 03-5395-3615（業務）

本文データ制作　講談社デジタル製作
印刷所　株式会社KPSプロダクツ
カバー印刷所　千代田オフセット株式会社
製本所　株式会社若林製本工場

KODANSHA

ISBN978-4-06-532402-8
N.D.C.913 222p 19cm